当冬天
还是冬天的时候

Als die Winter noch Winter waren

Bernd Brunner

〔德〕贝恩德 · 布伦纳 著　俞洁琼 译

南海出版公司

新经典文化股份有限公司
www.readinglife.com
出　品

来到此地已有十天——唯一的事情就是取暖。这儿的房子质量堪忧，铁炉也毫无用处。

——伊凡·屠格涅夫致居斯塔夫·福楼拜

1870 年 2 月 20 日，魏玛俄国酒店

目录
Contents

世上的冬天——何以为冬？

虽然第一场雪十月才来，但人们从八月就开始准备了。在挪威和瑞典沿海，船只会被拖到岸边，停放在即便遭遇寒风也能毫发无损的安全的地方。人们给木舱板上油，从地里挖出仅剩的土豆并转存到干燥的地方，给花圃盖上海藻。窗户被糊上了纸，以防迷路的野鸟闯入。人们离开夏屋时会故意不上锁，好让那些寻求庇护的人能进来歇息一会儿，靠简单的备存食物充饥。这样的救助措施多么暖心！

有些人在盛夏憧憬冬天寒冷清爽的空气，到了冬天却陷入了忧郁之中。有些人想静心休息，有些人却忙起了家务，开始为过冬收拾花园。暖气系统是否正常工作？窗户的密封条是否干净？屋顶和墙面是否需要修整？花园里的水管是否已经排空了？水龙头是否已经关上了？雨槽里的落叶和苔藓是否已清理干净？地上铺的草纤维是否足够？有没有必要换上冬季轮胎？一只金龟子破蛹而出，它不甘心如此平凡地在地里度过整个冬天，而是飞进屋里，希望能在那儿过冬。

准备工作完成后，空气变得越来越冷，光照变得越来越弱，白天也明显开始变短。但至少我们在主观上还不能确定冬天是否已经来临。我们只知道天空灰蒙蒙的，候鸟陆续启程远去，有时，雨一下就是一天。但是，这些变化是以让人不易察觉的方式发生的。

冬天来临前，细雨冰冷地落下。一个被遗忘在花园里的盛满水的玻璃杯一夜之间化为碎片。树叶蒙上一层薄霜，其表面的冰晶显出细针和鳞片的形状，在日光下闪烁着。几天后，初雪在夜晚悄然而至，地上的雪将灯笼的光反射进房间，将其变得分外明亮。雪花的晶体千姿百态，难以胜数。周围格外安静，只偶尔会有凝结成一块块的霜从树上裂开的声音。有人说，雪天会让人睡得格外香甜。这时候，只有那些最固执的人才会去室外。到了今天，我们在冬天外出所穿的冬衣，往往有着极佳的保暖性能，这也意味着陪伴了先辈数千年的刺骨的寒冷和冬日情怀濒临消失。

冬天是不是一年中最糟糕的季节？典型的冬天是什么

样的？冬天是万物定时消失的季节，温暖和阳光难以寻觅，枝繁叶茂亦不可期，众多鸟儿和其他生物躲进了藏身之所，只有几只乌鸦和啄木鸟依然在严寒中不为所动。但即便换了一种方式，生命的迹象也依然在冬天延续着。冬天有着千变万化的脸庞，令人捉摸不透。

生活在不同经纬度上的人们对冬天有着不同的理解。任何一个非热带国家都会迎来冬天。冬天会在每个气候区显露出不同的面貌：在遥远的北方——如斯堪的纳维亚、西伯利亚、阿拉斯加、加拿大——虽然各地也有着不同的地理环境和气候模式，但冬天都一样冷峻。大雪一积就是四五个月，甚至连树上也堆满了雪。从远处望去，还以为是形状不一、正往下滴蜡的巨烛。更北边，乔木和灌木变得更矮，景色也就变得更为单调。在这里，冬季就是主宰一切的力量，所有的动植物只能被迫适应。北极是一个十分干燥的地区，年降水量只有中欧的一半。那儿空气湿度极低，宁静又晴朗，简直让人难以想象。由于冷空气携带的水蒸气很少，那儿虽然很冷，却很少下雪。一旦有暴风雪来临，严寒会让积雪终日不化。南极的情况更有过之而无不及。它那厚厚的雪层中蕴藏着地球上三分之二的淡水，但因为严寒，那儿的降水很少。由于很少有生物活动，时间仿佛也被冻住，一切陷入了静止。霜冻掌管了很大一片土地，仅在夏天它们才会融化一些。人们在南极钻孔，从 3000 多米深的地底取出冰块：它有着 90 万年的历史，承载了八个冰河纪的数据。在终年寒冷的地方，“冬天”两字也就失去了意义。

在人烟稀少的加拿大北部，人们习惯了雪的存在，出门常常以雪地汽车代步；而在遥远的南方，尤其是在城市里，人们通常会用大型扫雪设备将雪清理到路边。北方某些地区并不像人们想象的那般寒冷。位于北角和斯匹次卑尔根岛之间的熊岛，冬天的平均气温还不到零下 10 摄氏度。1930 年到 1931 年，阿尔弗雷德·魏格纳[①]曾在格陵兰冰原过冬，那里海拔高达 3000 米，二月的气温就已接近零下 50 摄氏度。在挪威的某些山谷里，村庄被群山环绕，一年有六个月处于阴影之中。几年前，尤坎镇架设巨镜，将阳光反射进山谷，孩子们终于沐浴在了阳光下，这一度被传为美谈。

虽然冬天和雪几乎形影不离，但实际上只有在北欧和欧洲山区，雪才与冬天相伴相生。到了南边，冬天的季节特征将发生剧烈变化。某些中欧地区的冬天就完全没有雪花的身影。在地中海和美国南部，夏季相较从前变得更为漫长、炎热，而冬天则变得更为短暂、温和。如果罗马人在阳台上摆放塑料雪人，橙都佛罗里达的商场大声播放

---

① 阿尔弗雷德·魏格纳（1880—1930），德国气象学家、地球物理学家，被称为“大陆漂移学说之父”。——编注（本书注释若无特殊说明，均为编注。）

《白色圣诞节》，那无疑是一种讽刺。但是，寒潮有时也会把地中海地区的人们打个措手不及，甚至波及法国的滨海阿尔卑斯省和海拔更低的普罗旺斯地区。巨浪曾冲毁亚历山大的滨海大道，迫使许多学生去新亚历山大图书馆避难，这也是冬天的杰作。我们依稀记得，古埃及人一年只有三个季节：泛滥季、耕种季和收获季。

我们所习惯的四季，其实是中高纬度地区特有的划分方法。那里的国家和文明在漫长的岁月中逐渐占据主流，从而使四季变成了一个通行的概念。在亚热带和热带地区，昼夜时长和日照的变化相对较少，一年中往往只有两到三个季节。极地地区一年也只有两个季节——漫长的冬季和短暂的夏季。与欧洲或北美的冬天遥相呼应的，则是巴西的冬天。在那里，人们会从七月开始做入冬准备。对里约热内卢的居民来说，24 摄氏度的平均气温已经算得上“寒冷”。当微凉的风从大西洋吹来，毛衣、围巾、绒帽和滑雪衫就成了不可或缺的物件。海滩上变得空无一人，雨天也很少了，原本司空见惯的高湿度天气也渐渐消失。

再往南几千千米，严寒再次接管一切。英裔美国籍船长、海豹猎手约翰·戴维斯和他的水手于 1821 年 2 月 7 日驾船驶入南极水域并登上南极大陆。对于他们是否如传言所说是第一批涉足此地的人类，目前还缺乏确凿的证据，这种说法也遭到过许多人的质疑。但戴维斯发现的这片冰原，的确是人们此前未知的世界。那里的气温即便在夏季也只有零下 30 摄氏度至零下 35 摄氏度，去年的积雪还没融化就会被新雪覆盖，越堆越厚的积雪一直延伸到冰盖内部。有些地方的冰盖接近 5000 米厚，被禁锢在其中的气泡甚至可以反映出远古时代的气候状况。但即便是这样的冰川也无法“永恒”存在，最终它会不堪重压，被从陆地挤到海边，直至沉入海中。

在地表上，每年仅有几厘米的冰盖受到气候冷热循环的影响，而在海洋中，阳光的辐射却能影响到海底深处。只有极地附近的海洋才会在极低的温度下结冰。除此之外，较高的含盐量、凶猛的洋流、巨大的储水量和较高的地幔温度都令海水不易结冰，从而确保海洋生物可以在稳定的环境中生活。

如果说春秋是过渡的季节，那夏冬可算得上真正的特征分明。《圣经》的创世故事中，也只提到了日夜、冷热和夏冬之别。将一年划分为三个或四个季节的做法始于古罗马时期，这也是为了满足农耕的需要。将一年分成几个阶段，是为了更好地做计划，以完成周期性的生产任务。至于这种划分在历史上是如何形成的，目前只剩下一些猜测：四季可与暖、冷、湿、干四个属性联系在一起，或是被视作人生的四个阶段：童年、青年、成年、老年。基于这种认识，将四季拟人，如将冬天比作老叟，也是自然而然的事。这一点我们将在别处细谈。

但是，人们也可以用别的方式划分时节。斯堪的纳维亚半岛的原住民萨米人就把一年分为八个季节。对于他们来说，这样划分更符合生活节奏。在冬季之前，他们还划分出了秋冬季，那是迁徙的季节，因为这一划分不仅与太阳向远处位移有关，还与驯鹿群逐渐向冬季牧场迁徙有关。真正的冬季则是休养的季节，一切都被掩盖在厚厚的积雪之下，归于平静。驯鹿用蹄子从地里掘出青苔，并以此为食。太阳的日渐回归则宣告春冬季的到来。这是苏醒的季节，积雪依旧随处可见，但冰柱已纷纷开始滴水。母鹿开始动身迁往可以在五六月产幼崽的地方。

在德国，冬天始于冬至日，那是太阳移至最远端、直射南回归线的日子，也是一年中白昼最短的日子。在那天，即便晴空万里，日照时间也特别短。对气象学家来说，十二月一日才是第一个冬日。为了方便统计，他们习惯以整月计数。但从人们的感受来看，冬天来得还要更早一些，它的到来往往伴随着某些特定的自然现象的出现。从前，通过特定自然现象指示冬天来临的方式不胜枚举：对一些人来说，是蜂群的消失；对另一些人来说，是某一种鸟儿的鸣叫。根据德国气象部门的解释，“夏栎、晚熟苹果树和落叶松的叶子开始落下是冬天到来的典型象征”，“欧榛垂下柔荑花序和雪花莲盛开”则预示着冬天的结束和初春的到来。

冬天的气候特殊性不仅和日照强度减弱有关，还与高空中的空气流动有关。随着气候的变化，四季的变幻也有所延迟，变得越来越难以预测。冬天变得越来越短。过去几十年间，德国的植被生长季已经延长了大约两周。根据预测，寒冷季节将变得更加湿热。有些候鸟提前归来，却缺乏食物哺育幼崽，植物开始提前生长，却缺少授粉的昆虫，这都是因为部分生物仍在按照“传统”的节奏过冬。这会造成一些问题。一方面，农民们可以欣喜地看到秋天播种的庄稼顺利过冬，夏麦、燕麦和甜菜可以提前收割；另一方面，他们也担心零下的气温再次在冬天出现，从而对庄稼造成严重伤害。

要想知道冬天从前的样子，就必须观察它留下的痕迹。它存在于树木的年轮中，在自然景观中更是随处可见；它存在于人们的御寒装备中，更记录在那些严寒亲历者的笔记之中。这一切构成了一个复杂的语义集合，也就是人们所说的“冬天”。与冬天紧密相连的事实、气氛、想法、人物和传说，究竟有多少呢？

靴底的沙沙声——冬天和它的特征

冬天虽然经常被人用阴郁、死气沉沉来形容，但也能给人许多强烈的体验：冷风吹在脸上，像针扎一样刺疼；徒手玩雪时，至少有那么一刻，会无法分辨冷与热的感觉；长距离滑雪后感到筋疲力尽，冰冷的空气和汗流浃背的身体之间仅有一件滑雪服；呼出的空气不只化作一团雾气，还成了一缕白烟；就连耳朵也开始变得生疼。披着皮衣的滑雪者沿着雪道上山时，只会把脚尖伸进滑雪板的雪鞋里，等要正式沿着积雪滑下时，他们才把卡扣扣好，固定好脚后跟。一些人会穿着冰鞋在结冰的沼泽地上漫步，如果换作夏天，他们的双脚难免陷入沼泽中。

完美的冬景的确存在。那是被茫茫白雪覆盖的世界，有小木屋、富有诗意的钟楼和马拉雪橇。如果运气好，还能听到雪花纷纷扬扬落下的声音。一切都被收拾得整整齐齐，洁白平整的雪像被子一样盖在原本活动的物体上，有时还能清晰地看出风吹过的痕迹。时间似乎陷入静止。倒下的大树上盖着层层白雪，看起来就像一座无比优雅的雕塑。人们争相走出有遮挡的阴影地带，来到暖和的阳光下。那是完美的避寒之地。脚底的雪沙沙作响，雪国一片宁静，种种噪音好似从人间蒸发，仿佛有人将人类文明的动静彻底滤去。

当一切归于单调，感官的压力也最终得到释放。雪花的表面并不平整，这一结构有助于吸收声音。积雪中更是存在许多空隙，声音在其中来回反射，逐渐消融于无形。这种借助空隙吸收、消除声音的原理，其实与音乐厅的呢绒帘幕以及录音棚的软木墙板的作用类似。雪落时分，噪音还会再轻一些，因为落雪像是给大气层盖上了一层帘幕，使得声波更难从中穿过，于是环境音就显得越发微弱。登山运动员乔治·里维尔曾这样形容雪中的极致寂静："万物湮灭，唯雪独存，仿佛一切都恢复到生命之初的状态。"

雪是一种不易保存的物质，是冰的另一种状态，因晶体之间存在空气而不同于水的其他凝聚态。对其形态及冰凉的触觉体验的研究，本是一个基础的物理问题，人们对此却有各自不同的看法。有些人闻雪则喜，另一些人却把雪当作收纳自然界一切生命的裹尸布。在大雪并不常见的朗格多克，人们习惯称雪花为“白苍蝇”或“白蝴蝶”。

雪刚落下时极为蓬松，其中的空气含量可高达95%。1立方米雪仅重46千克，而1立方米水却重达1吨。一个人从百米悬崖上跳下，如果坠入刚刚覆上白雪的山坡，或许可幸免于难，落入水中则难免丧命。空气含量减至45%的雪堆，被人们称为积雪。积雪进一步压缩，就成了冰。在极寒条件下，积聚的雪变得很脆弱，不堪重负时就会坍落，并发出或大或小的咯吱声——这是雪盖中无数冰晶撕裂的声音。如果气温稍微升高一点，冰晶会在压力的作用下变形，却没有那么容易撕裂。积聚的雪一旦整体崩落，绝对会发出一声巨响。

在山区中，每隔数米，降雪量就会发生剧烈的变化，地表的形态也对降雪量有关键影响。通过多年的持续定点观测，人们发现雪总会在特定的地点积聚。测量降雪量并判断这一测量结果对特定区域是否具有代表性是一件十分困难的事。我们在此只能稍加叙述。以下这种方法沿用了很长一段时间：把一张1平方米大小的桌子放在避风处，雪停后再将桌子上的雪倒入一个锌质容器中称重。由于雪往往不是直接落下，而是随风飘舞，所以不会散落得很均匀。只有在不同的地点多次测量，才能给出特定区域降雪量的可靠数据。近几十年来，人们又想出了许多测量降雪

1863 年出版的《雪花：自然之书的一章》中
所列举的雪花形状

量的方法，以期获得更为精准的数据，但只有少数方案能够得以实施。如今，一种特殊的降雪量检测器已经投入使用。它能向外发射超声波脉冲信号，并根据收到回波信号的时间计算降雪量。当然，这种方法无法测算雪中的水分含量。要知道，新落下的雪较为蓬松，其中的水分含量和积雪并不相同。

由于细微的水珠在结冰时会吸附周围的灰尘、花粉、菌孢和原生动物，所以空气也会显得更为清新，到处都是冷杉和松木的香味以及湿树皮和水雾的气息，或许还隐约有些臭氧的味道？我们会有些触电的感觉，是因为下雪时空气离子化程度较高，还是“清新”带给人的错觉？在日光的作用下，雪中的氮离子可与氧气结合成氮氧化物，继而使大气层中出现臭氧。人们也已经证实下雪天存在硫化反应。有些人说雪中有某种植物的味道（风向不同，气味种类也不同），或提到某种特殊的气息会预示降雪。另一些人则把雪与某种特定的颜色联系在一起，譬如蓝色——这算是一种通感。那些觉得雪“松脆”或“黏稠”的人，有时还能从中尝出金属和铁锈的味道。但把雪放入口中时，尝到的其实是口中残留的食物或细菌的味道。

人们很难预测积雪是否“压实”：有时会一脚陷进去，出来都不见得容易；有时却能稳稳当当地站在雪上。但如果雪中有藻类，那它很可能会被染上颜色，成为“血雪”或“西瓜雪”。这样的雪有时会被视作凶兆，或被视为雪灾的前兆——在法国山区就是如此。

辨别动物在雪中留下的痕迹，分析其背后的故事，是一件技术活。狐狸用尿液在雪中留下蜿蜒的痕迹。路边的爪印已经模糊，大概是几天前留下的。野兽的足迹笔直地穿过荒野。一只兔子被一只狐狸追逐，试图靠改变方向逃脱，最终却未能如愿。雪中那摊红色的血迹像是死去的动物留下的，一只乌鸦蠢蠢欲动，想要向它靠近。一只金雕扑向雷鸟，让其当场丧命，随即抓着猎物飞离。除这些小事情之外，冰莹的大地像是被一双神秘的手清理过一般，一片宁静安详。雪蚤，或称冰蚤，是属于弹尾目的一种六足生物，它们有时会成群结队地聚在积雪上，用细小、黝黑的身体将雪面的秩序打乱。

> 孕育雪花的天空，是多么心灵手巧！即便真有星星落到我的大衣上，我也不会再惊叹。

美国自然哲学家亨利·戴维·梭罗因不避风雨、坚持在户外行动而举世闻名。1841 年 1 月 30 日，他在日记中写道，在追寻狐狸留下的“上百个爪印”时，他“感到无比兴奋，仿佛在追寻森林里的精灵”。在散文《冬日漫步》（*A Winter Walk*）中，他这样写道：“田鼠已经舒舒服服地在地底下的楼房中睡着了，猫头鹰安坐在沼地深处一棵空心树里面，兔子、松鼠、狐狸都躲在家里安居不动。”在他看来，冬天就像“一座珍宝馆，里头整齐地排列着冻干的标本”。从日出到日落，他都在小屋周围活动、观察。“狐狸和水獭留下的足迹犹新，这使我们想起：即使在冬夜最静寂的时候，自然界的生物也没有一个钟头不在活动，它们还在雪上留下痕迹。”他一直十分重视感官感受。“大地冰冻，远处鸡啼狗吠；从各处农舍门口，也不时传来铿铿的劈柴声。空气稀薄干寒，只有比较美妙的声音才能传入我们的耳朵，这种声音听来都有一种简短却悦耳的颤动；凡是至清至轻的流体，波动总是少发即止，因为里面的粗粒硬块，早就沉到底下去了。声音从地平线的远处传来，清越明亮，犹如钟声。冬天的空气清明，不像夏天的空气有诸多杂质阻碍，因此声音听来也不像夏天那样的毛糙模糊。”梭罗认为，地底潜藏着一团火焰，它不会涌上地面，也不会被严寒浇灭。正是这团火焰，最终让大雪融化。这位性情顽固的地貌学先驱，将浪漫主义融入了当时的科学研究。

雪花其实是透明的，只是因为吸收并反射了阳光中的所有颜色，所以在我们眼中是白色的。刚刚落下的雪在日光下尤显洁白，因为它由许多细小晶体组成的反射表面颇为宽大。在这种辐射过于强烈的时候，人们最好戴上太阳镜，以免患上雪盲症。较深的雪洞泛着微蓝色，这是因为相比蓝色，冰晶更容易吸收日光中的红光和黄光——这原理与滤镜类似。积雪中的光子更多由蓝光而非红光组成。

在《雪的精神分析》（*Psychoanalyse des Schnees*）一书中，人类学家吉尔伯特·杜朗提到雪是一种“不同于冻冰、不应被忽视”的物质。他称十一月是雪之春，一月是雪之夏。由于雪会发出磷光，下雪的晚上不会是暗夜。最后他还说，人们无法对雪下定论，因为它每次都带给人不同的体验。

光线与雪的关系也是一个被讨论过无数次的话题。美国陆军航空队于1940年出版的两卷本《北极手册》(*Arctic Manual*)记录了许多有趣的观察结果。例如，雪天的弦月比夏季的满月更为明亮。有些飞行员认为，让飞机在弦月光中降落于北极区，甚至比在日光中还要安全。有些人虽然并不认为在弦月光中降落安全，也不觉得冰面适合降落，但也强调晚上至少没有日光刺眼的问题。

堆雪人是人们在大自然面前耀武扬威的方式之一：不只会改变雪的形状，还会强行把它变成怪人的样子。在堆雪人（或捏雪球）的时候，我们将雪捏在一起，使得冰晶之间产生众多新的受力点，从而联结在一起。越是暖和的时候，捏雪就越容易。天冷的时候，捏雪则要困难一些，如果还戴着手套就更难了。虽然徒手捏雪会把手冻僵，但肯定比戴着手套容易，因为体温可以加速这一过程。在这种情况下，有些人还会用少量水去增加冰晶的凝聚力。《美国男孩手册》(*The American Boy's Handy Book*)中不仅有堆雪人指南，还有用雪堆猫头鹰和猪的方法。当然，如果要堆雪猪，还必须找几段结实的树枝充当猪腿。在阿尔伯特·安克尔于1873年创作的一幅绘画作品中，伯尔尼附近的学生用雪堆出了一头栩栩如生、怒目圆睁的熊。

有人估算，堆一个雪人至少需要一万亿片雪花。堆雪人的历史可以追溯到15世纪。1492年，米开朗基罗受皮耶罗二世·德·美第奇的委托，在后者的王宫中堆了一个

FIG. 171.—Making the Pig.

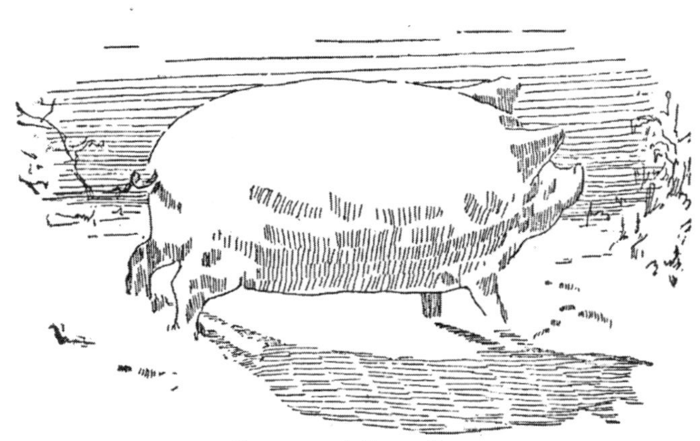

FIG. 172.—A Snow Pig.

《美国男孩手册》中的堆雪猪指南

雪人。这是现存最早的关于雪人的记录，但这个雪人肯定不是最早的雪人。后来，在教皇哈德良六世执政期间，罗马的街道上出现了雪堆成的狮子。1511 年的寒冬，当时的尼德兰首都布鲁塞尔举办了一次“冰雕节”。近百件冰雕的造型灵感来自神话或讽刺文学。这份包含冥王、死神、独角兽、水手和野猫的冰雕清单，得以保留至今。

规模最大的雪人和冰雕集会当属中国东北城市哈尔滨的“国际冰雪节”。这个节日已有半个世纪的历史，展出的雪人和冰雕数以千计。哈尔滨虽然深受季风影响，却依然是中国最为寒冷的城市之一。这里一年有五个月气温在 0 摄氏度以下。每年二月举办“雪人祭”时，日本白峰村的游客数量都会增长数千人，增幅十分惊人。家家户户都会把雪人摆在门口，并在它的肚子上挖个洞，在里头点上蜡烛。

用滑雪板在平整的雪面上留下痕迹为何会让人感到无比畅快？是什么驱使人们任由雪花在舌尖融化，或是扑倒在初雪盖成的“雪被”之上？孩子们为什么喜欢互相砸雪球？在进屋就有暖气之前，人们就喜欢玩雪。这一点已经在有着近五百年历史的荷兰绘画中得到了证实。和雪相处，可以让人打破常规，享受游戏的瞬间。虽然这一过程可能只会持续一刻钟，但至少可以让人合法地暂时摆脱固定的社会模式。

冰冷的寒风会让人的皮肤像刀子般刺痛。即便裹得严严实实，人们还是会偶尔感受到冷风的袭击。特别冷的时候，有人会说自己连眼珠子都被冻住了，至于耳朵就更不必提。虽然冬天特别难挨，但北极和南极的特殊天象却令人神往：红色的朝霞和晚霞往往在天边一待就是几个小时，姿态各异，将蓝色的天空渲染成不同的颜色。光线透过冰晶折射，还会产生日晕和月晕。此外还有极光，即北极光和南极光。它遮蔽天空，像波浪一样飘舞，有时会突然消失不见。运气好的话，乘坐飞机穿越北极区时就能看到极光。一些旅人还说自己看到了蜃景。至于这究竟是饮酒过度产生的幻觉，还是他们真的看见了数百平方千米的冰川或岛屿，那就不得而知了。

极地探险家约翰·罗斯是第一个与北极区的因纽特人建立联系并四次在北极高纬度地区过冬的人。1818 年，他在加拿大北部发现了一片山川，并将其命名为“巴纳德山脉”，但后人却否定了它的存在。

天地苍茫，雪落不止。——日本俳句

在极端的暴雪天气下，万物无法分辨，眼前白茫茫一片。这是因为积雪直接反射了所有可见光谱中的颜色。在白雪覆盖的地方定位是困难的，因为平常走的路都已找不到了。人们想在一片雪色之中寻找熟悉的记号，却最终无

15 世纪的玩雪场面

功而返，因为一切看上去都那么相似。在许多地方，人们会将石块堆在一起来标明方向。

在雪天迷失方向，往往是因为错估了比例。“雪兔或柳雷鸟常常在人们的眼皮底下消失。在冰雪天见到与环境色差对比明显的动物——如驯鹿或棕熊时，会根本无法辨别它究竟是小是大，离得远还是近。”美国作家巴里·洛佩兹在日志体作品《北极梦》（*Arktische Träume*）中这样写道。加拿大极地研究者维尔希奥米尔·斯蒂凡松曾坚信自己看到了一头棕熊，结果那家伙却是一只土拨鼠。

让这种意识扭曲到极致的是白化天气[①]。因为光线在一片密集的云层中形成了散射，天地变得浑然一片。人们无法区分上下，空间感发生了剧烈的变化："没有阴影，也没有远近，更看不见地平线。人们就像踏空了一般踉跄前行。坐在摩托雪橇上的人会觉得眼前的世界突然失去了边界，心跳几乎都要停止。"洛佩兹这样形容这一紧张的情形。

滑雪者对在光线散射的作用下陷入迷茫的现象应当并不陌生。有些人因为失去平衡而陷入恐慌，跌倒后甚至都无法站起；有些人坚信自己在沿着山坡向上，实际上却只是在平面上前进。这一切都会使人面临虚脱的危险。

波兰记者理夏德·卡普钦斯基曾在报道中记述了另一种失去方向感的情形。那是他在前往俄国矿业城市沃尔库塔旅行时发生的事。他提到，他和一位女服务员一起用斧子砸碎了旅馆窗框上厚厚的冰层。但相比他在室外所遭遇的，这一切只能算是一出悲喜剧的序幕。在雪山中前行时，严寒使他几乎难以呼吸，仿佛深吸的每一口气都会撕裂他的双肺。"我拖着沉重的步子前行，却不知道自己究竟到了哪里，应该做什么。我把前方的一座雪坡定为目标，可当我筋疲力尽地喘着粗气，深一脚浅一脚地走到它

---

① 极地的一种天气现象，也是南极洲的自然奇观之一。

自 19 世纪中叶起，圣诞老人才开始与雪联系在一起
上图创作于 1845 年，下图创作于 1863—1864 年

跟前时，它又不见了。持续肆虐的极地暴风雪将雪坡挪了地方，改变了它的位置和外观，甚至直接改变了整片地形。放眼望去，我的目光找不到落点，也找不到参考物。”房屋都被雪掩盖了。“直到我们费尽力气攀上一个雪坡，才看见一座单层建筑的屋顶。有人在冰壁上凿出了一条台阶，从坡顶一直通向房门。我们使出全身力气，心惊胆战地顺着台阶走下去。到了下面，我们才在房屋主人的帮助下使劲凿开了被冰雪冻住的房门，溜进屋中。”

有时候，没雪的日子会让人沮丧——尤其是在圣诞节期间。可是，已经深入人心的“白色圣诞节”，实际上是否只是人们的幻想？单从统计数据来看，圣诞节期间下雪的概率在过去一百年里并没有减少，但白色圣诞节的确是十分罕见的。即便初雪往往在几周前就已落下，十二月也是中欧地区降水最为频繁的月份之一，圣诞节期间却往往没有那么冷。尤其是在平原地区，平安夜的确很少下雪。即便是在德国大城市中最容易赶上白色圣诞节的慕尼黑，见到积雪的概率也只有 40%。一些年纪较大的人或许还保留着对二战及此后十年间寒冬的记忆。当时，有些人把这一罕见的现象视作新冰河纪出现的标志。在今天看来，这一切是多么令人难以置信！

耶稣在满天飞雪中降临人世的场面，最早于 16 世纪出现在老彼得·勃鲁盖尔的画作中。但那时这并不代表什么。至于圣诞节是何时被理所当然地和雪联系在一起的，我们不得而知。瑞士气候学家马丁纳·雷贝泰认为，可以通过观察圣诞卡片感受这种变化。最早的圣诞卡片印刷于1863年。这一时期的卡片，已经开始以坐在覆盖着白雪的屋顶上的圣诞老人为主题。

这一灵感来自圣诞节期间经常降雪的阿尔卑斯地区或新英格兰。可口可乐公司推出的圣诞老人形象几乎人人知晓，他总是穿着红大衣，身后是一片雪景。此前的圣诞卡片通常以秋天的景色为主题。大众文化——如平·克劳斯贝演唱的歌曲《银色圣诞》和1954年上映的同名美国故事片——也有着不容小觑的影响力。在《银色圣诞》中，雪被直接唱进了歌里（“下雪吧，下雪吧，下雪吧”）。它成了当时最为畅销的单曲之一，并一直被翻唱至今，魅力不减。无数广告片都把冬天渲染成白色，以至于人们现在误以为这是一种常态。不仅如此，冬天还与细雪覆盖的群山，冬青树，冷杉果，圣诞红酒以及面色红润、慈眉善目的圣诞老人联系在了一起，成了国际文化输出的一部分。虽然这些全球通行的冬季标志事物早已失去了原本的意义，更多的是以塑料玩具的形式出现在全球各地，但并不能否认它们已大获成功。在正处盛夏的里约热内卢过圣诞节的人们，又怎么会放弃戴红帽子的机会，抛弃坎塔加卢公园里那高85米、重2.5吨的圣诞树呢？

冬天的感受

如今，已经没有人关注那些世代相传的关于在冬天必须做什么、不能做什么的普遍规定了。在要为御寒经年操劳的岁月，相关知识可谓代代相传。数千年来，取暖一直都是人们最重要的需求。寒冷的冬夜和霜冻的袭击，一直是困扰无数代人的难题。为应对这些问题进行的各种技术改革可称得上是巨大的成就。

从前，人们会在深秋忙着储备柴火，宰杀牲畜，再将肉腌制或烟熏保存，但是猪会等到冬天再杀，因为猪肉会很快变质，而且会招来苍蝇聚集。在用柳条筐装运回晚熟的苹果后，人们挑出坏掉的，将好的那些放到一层薄薄的干地衣上，然后将其储存在地下室里。冬天无比漫长，它是休养生息的季节，但这并不意味着放弃一切活动。孩子们无须再像夏天那样去地里干活，可以专心学习。农民们无须再把牲畜赶到草场，但也有了新的任务，那就是修剪果树。人们必须剪去离房子较近的果树上可能造成危险的枝条；上了年纪的或枯死的树也必须被砍掉。人们从棚子里拖出肥料，施于田间；来年要用的工具也应及时修缮。树林里，工人们忙着四处伐木。打猎也是人们常做的事情，因为动物到了冬天会变得皮毛丰润。

冬天里仍有很多事要做，外出在所难免：上学，参观展会，去小酒馆里稍做歇息，参加葬礼，囤积食物，帮助邻里亲戚。下雪时，常常需要组织志愿者齐心协力清理雪堆、扫平道路。在积雪覆盖的地方行走，人们很可能会找不到平时习惯走的路，很多人会直接走捷径。所以，夏天和冬天都有自己的“专属”道路。只要条件允许，人们就会选择坐马或公牛拉的雪橇。冬日的生活无疑是辛苦的，但这种劳累也能增强人们的凝聚力。虽然人们的生活受到了天气的影响，还有了很多负担，但能够相互帮助，还算一件幸事。共同克服困难的经历会是很长一段时间里的谈资。或许正是因为那些艰辛，冬天才变得更加美好。

从室外进屋时，可以先去室温较低的房间，而不是直接进到温暖的居室，这样可以缓解耳朵和双手的刺痛感。用冷水泡脚是对付足部冰冷的古方。冬季的小屋不仅是御寒之处，更是缝衣服、做手工的地方。那里有古老的大壁炉，往里头塞上适量的柴火就能让它工作，但如果加热过度，则会有爆裂的危险。人们可以坐在结满霜花的窗户后面，欣赏窗外凛冽肃杀的景色。房间里会有肉桂、丁香、蜡油和松木的味道，但也有烟味和其他不好闻的味道，由于通风不畅，味道很难散去。人们会小心地在窗龛周围塞上稻草和秸秆，防护窗也早早地挂了起来，一旦遇上大雪，它们可以很好地将风雪阻挡在外。当然，屋顶必须足够坚固，以承受积雪带来的巨大压力。为了充分利用室内的温度，在农户家中，人畜会共处一室。人们会尽可能多使用能晒到太阳的房间，避免待在底楼。厨房之上的房间深受欢迎，因为即便是在晚上，灶台里可能还留有些许火星，这会让上面的房间更暖和。

火炉和闪着微光的松木不仅能烘托夜的浪漫，也是满足生存需要的重要工具。更安全、更可控的取暖系统的普及，是促使现代人对冬天转变态度的关键，也是 17 世纪以来科技革命的一部分。中世纪末，更为安全的壁炉取代了火炉成为取暖的标配，也一举解决了室内通风不畅的问题。但直到 19 世纪天然气和电取代火烛之后，人们才对夜晚有了新的认识，也对冬天有了新的感受。

由于从前的房子往往密闭性不佳，人们在冬天别无选择，只得早早上床，或是缩进壁龛之中，这是一种凹进墙内的床。有帘幕的床被称为“天国之床”，它具有一定的保暖性，但帽子、外衣和鞋子依然必不可少。作家们会把双手从床单上的两个洞里伸出，坐在床上写作。

人们逐渐开始明白实用、理想的取暖设备应是什么样子，并发明了多种设备，以期打造完美的解决方案。小型立式火炉虽然可以在房间里自由移动，却有煤气泄漏的危险，在极端情况下甚至会致人死亡。1902 年，法国作家爱弥尔·左拉在睡眠中死于一氧化碳中毒；1963 年，美国作家西尔维娅·普拉斯又死于同样的原因。相比金属壁炉，陶瓷壁炉的供热更为平稳均匀。这是因为黏土的热传导能力相对较弱，壁炉中的热量在陶瓷中会停留得更久，释放更为缓慢，使用者也会感到更加舒适。但使用壁炉并非毫无危险。“为了避免壁炉中的铁板爆裂，使用壁炉前最好用肉皮擦拭铁板。”里加家务学校校长玛丽·冯·雷德里安在《家室与炉灶》（*Haus und Herd*）一书中这样写道。但仅仅调试好设备还不够，选择上乘的燃烧材料也十分重要。今天，这门学问已经失传了。成堆的湿柴被扔进炉灶里后应该怎么办？不同木材的耐烧度如何？是否必须把干柴劈成碎片？总体来看，越是干燥的柴就越耐烧。买柴时必须打起十二分的精神：“买柴时，最好挑选截面平整、材质坚硬但手感柔软的木头，而不要买那些脆软、潮湿的木头。好柴在轻叩时，应该发出清脆明快的声音，而不是低沉单调的响声。”雷德里安女士这样建议说。

以热空气、水蒸气和热水为媒介的现代化集中供暖始于 18 世纪，但直到 19 世纪末才逐渐普及开来，最初只有贵族阶层才能享用。

文明的保护层十分单薄，这一点在战争时期表现得尤为明显。作家斯蒂芬·茨威格曾记叙过他一战后去奥地利的经历："当时我们做的准备就像是要去北极考察似的……我们必须穿上保暖的衣物和毛织品，因为出了边境就没有炭火，而冬天马上就要来了。出发前得换一次鞋底，因为那边只有木质鞋底可换。在瑞士人允许的范围内，要尽可能多带干粮和巧克力，只有这样才不至于在领到面包票和油票前挨饿。"严寒之下，女士们往往要遭更多罪，因为女人穿裤子的行为在当时还未得到普遍认可。

从前，航运业会在冬季陷入停滞。由于波罗的海结冰，芬兰一年有六个月无法进出口货物。进入 19 世纪后，在日益增长的经济压力面前，为了保证港口的持续使用、扩大通行水域，人们发明了世界上第一批破冰船。铁路的出现，又在冬季给人出了一道难题。为此专门设立的栅栏基本无法阻止雪在轨道上堆积。防崩通道更为有效，但造价不菲。一开始，在美国西部，火车经常在雪中停驶。1890 年 1 月，一辆西行的火车在内华达州的雷诺市遭遇暴雪，由于这座城市能提供的旅馆和餐厅数量有限，700 名乘客被迫在车厢中待了两周之久。直到 19 世纪末，火车头前部安装了滚轮扫雪机，这种情况才有了改观。在城市里，人们开始以另一种方式与雪做斗争，最初是用铁锹，后来才有了特殊的扫雪设备。有许多措施最后并未得到施行，例如一位纽约发明家就曾于 1887 年建议在道路下方铺设由蒸汽机供热的巨型暖气管网。当汽车在 20 世纪 20 年代成为主要交通工具之后，如何在冰雪天避免交通混乱就被提上了议事日程。撒盐虽然有助于融化冰雪，却会对环境造成负担。所以，为了避免发生事故，人们开始尽可能使用沙粒或其他替代物增加光滑路面的摩擦力。

“越冬”这个词本就有着“逾越”某种困难的意思，包含对顺利过冬的希望。从前，冬天的各种不利情况对人体的脏器来说是一个十分巨大的挑战：巨大的室内外温差以及给呼吸器官带来负担的湿冷雾气极易诱发肺炎和哮喘；除此之外，人们还要面对室内供暖不足，富含维生素和卡路里的食物供给有限的窘境，甚至还有肺结核和其他传染病的威胁。并不是所有人都能像英国国会议员、日记狂人塞缪尔·佩皮斯[①]那样用“一勺蜂蜜配上磨碎的肉豆蔻”就能轻松治愈感冒。今天人们口中的“越冬”，多指直接暴露在大自然和严寒之中的动物或植物的经历。只有在气候阴冷的地区，这个词才会与人的行为关联在一起。

---

① 塞缪尔·佩皮斯（1633—1703），英国作家、政治家，代表作有《佩皮斯日记》等。

人类主要靠衣物御寒。许多最初在温暖地带生活的人选择了离开，开始在冬天十分寒冷的地方生活。他们开始凭借智慧进行发明创造，这使他们得以在地球上最冷的地方生存下来。

只有孩童才会对冬天的到来表示惊讶。到了一定年纪，人们会习惯四季的更迭，适应寒冷季节的去而复返，把它看得跟日夜交替一样普通。情绪、精神、体重、胃口和睡眠习惯都会随季节发生变化。据史料记载，17 世纪的英国贵族安·格伦维勒的抑郁症会在冬天反复发作，而在夏天，他又会患上躁狂症。英国作家约翰·弥尔顿也患有冬季抑郁症。他在秋冬季节很难持续创作，并会对自己夏天写的东西感到不满。法国精神病学家让－艾蒂安·多米尼克·埃斯基罗尔是第一个对抑郁症和季节的关系进行系统研究的人。1845 年，另一位精神病学家威廉·格里辛格这样写道："我们和另一些观察者发现，有些患者在特定的季节（如冬天）会感到无比抑郁，在春天表现出躁狂，在秋天又变得忧郁。"但冬天不应简单地与抑郁画上等号。躁狂症也可能在冬天产生，并与抑郁症交替出现。

心理学家引入了"季节性情感障碍"（SAD）这一概念，以期更为准确地描述上述这种由季节引起的典型症状。有别于普通抑郁症，季节性情感障碍患者除表现出困倦、乏力、心悸之外，还往往会嗜睡、贪食高卡路里食物。这也可被称作“代谢失调”。不管怎样，这的确和一般的“冬季忧郁”有很大的区别。这种抑郁障碍常见于高纬度地区，例如在斯堪的纳维亚半岛就远比在意大利常见。但出人意料的是，冰岛人却比挪威人和芬兰人更少“中招”。“冰岛人要么是具有某种可以更好适应极端条件的基因特质，要么是有一套应对光照不足的方法。”巴塞尔大学精神病医院的生物史学家克里斯蒂安·卡约亨这样评论道。

虽然在现代人看来，这一症状显然与日照有关，但这一推论起初并不是常识，直到“贝尔吉卡号”出发前往南极探险时，驻船医生、极地研究者弗雷德里克·库克才发现针对性的人工光照可以部分减轻船员的疲惫感。罗阿尔德·阿蒙森[①]也参加了这次探险。医学上最晚于1910年正式引入了“日光疗法”，用于治疗忧郁症和一系列身体疾病。当时的人们还认为是日光疗法对皮肤产生了作用。直到二战期间，人们才真正了解了抑郁症和人工光照之间的联系。当时，一位驻扎在挪威的德国士兵被紫外线照过后，病情明显有了好转。

现在人们明白，在进入光照不足、相对安静的季节后，身体也会发生变化。维生素D的合成量逐渐减少，褪

① 罗阿尔德·阿蒙森（1872—1928），挪威极地探险家。

黑素在与血清素的较量中占了上风，而褪黑素的主要功能是调控人体睡眠和苏醒的节奏。如果光照不足，褪黑素分解太慢，就会造成生物钟紊乱。许多人会从秋季就开始补充维生素和矿物质，以做好应对不良天气的准备。

德国近几十年来最为阴暗的冬天当属2012年至2013年的冬天。整个冬天，各地的平均日照只有一百小时，还不到往常的三分之二。有人发明了日光浴，人们可以在几千勒克斯[①]的蓝色冷光下，“沐浴”半个小时或一个小时。

在气候宜人的地区生活的人们几乎感觉不到季节引起的气温变化。中欧人常说的“地中海化”就是指温度位于21至26摄氏度之间的理想状态。与其他哺乳动物相比，人类对低温的适应力相对较弱。我们更像热带生物，需要靠衣物和房屋御寒。即便是在严寒之中，皮肤也会在不出汗的情况下让许多水分蒸发，这也解释了人们为何在冬天也会感到口渴。运动是在寒冷气候下御寒的最好方法，运动时所消耗能量的四分之三都会转化为热量，皮肤下方的血管会收缩，从而降低皮肤温度，限制热量的流失。如果这还不足以保持体温恒定，那人们就会不由自主地开始发抖。大脑会自动让体温保持在36至37摄氏度之间，但直肠处的温度可能会和四肢处的温度存在较大差距。即便这

① 照度单位。

一差距增大到 30 摄氏度，也不会对人体造成永久伤害。与干燥的降雪时节相比，淋雨更容易引发体温过低的危险，比如在雪化时，但即便暴露在严寒之下，人体依然有机会恢复。人们偶尔会听到一些这样的报道：有人或许是因为醉酒睡在了雪地里，身体似乎都冻僵了，但最后还是活了下来。1970 年，一个三岁男孩在瑞典的卡尔斯库加误入一片森林，失踪了 20 个小时。被找到的时候，他的体温只有 17 摄氏度，但他最后还是从冻伤中彻底恢复了过来。

严寒究竟能在多大程度上延缓人们的生活节奏？应如何看待《英国医学杂志》（*British Medical Journal*）于 1900 年刊登的关于人类冬眠的惊人报道？据说，俄罗斯普斯科夫地区的农民由于缺乏食物，一年中会有一半的时间处于睡眠状态。当然，他们每天都会短暂地醒来，就着水嚼上一块干面包。由于家中每个人醒来的时间点不一样，所以总有人可以保证炉火正常燃烧。“在平静地度过六个月后，一家人才醒来抖抖身子，出去看看青草是否已经开始生长，并慢慢开始准备夏天的活计。”但在此之后，再也没有人报道过这一罕见的习惯。如果说这则轶事确实带来了什么，那大概就是满足了一些人对人类冬眠的丰富想象。

某些地域的特殊人群对于持续或反复出现的寒冷刺激有着极强的耐受力，也因此相对不容易产生典型的受寒反应。科学家们的观察结果也显示，在遭遇寒冷刺激时，他们身体核心部位的温度只会发生十分微小的变化，因纽特人甚至会出现与一般人的观察结果完全相反的身体反应：他们身上的血管不但不收缩，反而会继续扩张。与此同时，他们的平均心率开始减缓，血压也低于中欧地区人群。加拿大魁北克地区的邮递员在过完一个冬季后，血压会显著降低，心跳频率减缓。经常接触冰水和冻肉的渔夫和屠夫的手指在冻僵后仍可正常使用。虽然体脂可以在一定程度上起到御寒的作用，但生活在寒冷地区的人通常都是瘦高体型，无论是因纽特人还是阿拉卡卢夫印第安人都是如此，后者生活的火地群岛气候湿冷，夜晚气温几乎都在 0 摄氏度以下，而他们穿的衣物还特别少。韩国的采珠人几乎终年不休，只穿着棉布衣服，即便是在冬天水温只有 10 摄氏度的时候，依然会继续工作。在冷水里泡澡或游泳是一种耐寒训练方式，但在正式开始前必须进行热身运动。冬泳者体内分泌的肾上腺素能使身体快速生成热量。

有时，我们仅仅是想到寒冷的情形就会发抖，但有些人却能在严寒中仅凭坚强的意志阻止身体发抖，这十分令人惊讶。这个例子表明，精神至少能在较短的时间内控制身体。心理因素是如何让人们变得更加耐寒的？事实表明，事先做好应对低温的准备，的确是克服严寒的前提条件。美国生物学家劳伦斯·欧文曾跟踪观察过一批来自阿拉斯加的学生。他们会遵循一种宗教仪式，在冬天精简衣物、赤脚行走。他们十分熟悉这一严苛的规则，也对此十分认同，所以能够为此忍受严寒。同样，如果让快冻僵了的人专心做数学题，借此转移他们的注意力，也能让他们坚持得更久。一些住在喜马拉雅山上没有暖气的石屋里的藏传佛教徒只需坐地冥想就能让四肢的温度在一小时内提高 8 摄氏度。在印度，人们用两组士兵做了对比实验。一组士兵接受了半年的强化训练，另一组士兵则一直在做放松和控制呼吸的练习。他们被要求光着身子在仅有 10 摄氏度的房间里待上两个小时。那些接受过放松练习的士兵明显体温更高，也更晚开始发抖。

寒冷难当时，是否应该喝点烈酒？酒精下肚后，一开始的确会让人感到很温暖，因为它能扩张血管，加速血液向皮肤表层流动，但这无法提升体温。实际上，酒精还会加速身体热量的散发，导致体温下降，人们很快就会感觉到手脚比之前更加冰冷。在极度严寒的情况下，人们无论如何都不应该喝酒。

有好几代文学大家都研究过圣彼得堡的小公务员阿卡基·阿卡基维奇。他是尼古莱·果戈理创作的充满悲情色彩的中篇小说《外套》的主人公。从最为基本的意义上说，这篇小说反映了一件手工裁制、做工完好的冬大衣对度过俄国的冬天是多么重要。阿卡基维奇急需一件棉絮填充的厚实大衣，而小说则详细地讲述了他为此所做的思考和准备。他的旧大衣早已不堪使用，裁缝建议将它做成鞋垫，因为他的长袜明显不够暖和。这件未来的新衣，几乎成了阿卡基维奇的人生伴侣和人生目标。为了支付制衣所需的八十卢布，他不得不省吃俭用：晚上不再喝茶，为了节约电费，就连抄写工作都改在女房东的房间里进行。这件外套需要精心裁制，足足耗费了两个星期。它有着猫皮做成的衣领，从远处看甚至有点貂皮的意思。外套做好的那天，无疑是“阿卡基生命中最快乐的一天”。“而且这一天来得恰到好处，因为人们已经能够感到寒意，而且天气还在越变越冷。”

但好景不长，故事很快发生了戏剧性的变化。他在街上遭人袭击，对方在众目睽睽下抢走了他的外套，并一脚把他踹倒在雪地里，他一度昏死过去。就这样，他不得不重新穿上自己的旧晨服。“他张着嘴在暴风雪中前行，没有注意脚下的路。寒风按照圣彼得堡的惯例，从四面八方向他吹来。他很快得了咽喉炎，勉强走回家躺下时，已经一句话都说不出了。”没过多久，阿卡基维奇就撒手人寰，但故事还没有完结：“谣言忽然传遍了圣彼得堡，说是在卡林金桥附近，每到晚上就有一个身着官服的鬼魂出现。他在寻找一件被劫的外套，并以外套失窃为借口，不分青红皂白地从所有人的肩上剥下各式外套：不管是棉絮的、猫皮的、海狸皮的、狐皮的、熊皮的还是貉皮的，总之就是人们用来遮盖皮肉的各式毛革和鞣皮。”警察局得到命令，“无论死活，都要把它捉拿归案，严加惩罚，以儆效尤”。有一次，这个鬼魂差点就被捉住了，但最后还是让它跑了。

因纽特人身上还有一些与极端天气条件有关的其他特征。他们一直靠食用海豹和海象的肉和脂肪摄取能量，此外还食用驼鹿、驯鹿及各种鸟类，以满足比中欧人高三分之一的能量需求。就连鲸都是他们的食物！他们将鱼煮熟、风干、烟熏、冷冻，再切成小片食用。他们的身体具有特殊的适应本领，可以将肉直接转化为葡萄糖，这就是所谓的“因纽特悖论”。他们还有办法对付雪盲症（强短波紫外线对角膜造成的伤害）：将鱼骨巧妙地绑在脑袋上，仅在眼睛处留下一条缝隙，这可以保护他们免受视力损伤。

1911 年，极地研究者亨利·R．鲍尔跟随罗伯特·福尔肯·斯科特远征南极时，选择用一种特殊的方法来磨炼自己的意志。据说这个身高只有一米六的男子每天早上当着众人的面成桶地往自己头上倒冰水和湿雪。以“天哪，这是一片多么可怕的土地！”这句名言闻名于世的斯科特船长赞扬了他的毅力，并在文章中写道，自己从没见过像他那样视严寒如无物的人。但这种方法没能帮鲍尔远离死亡：在从南极返程的路上，他被冻死了。

“冰颤”现象会在极度寒冷时出现。呼出的水汽会瞬间结成冰，使得人们说话时都带着回音——有人说，这就像是冰晶在一起颤动。鼻子是在严寒条件下最容易被冻伤的身体部位。教士赫德森·斯塔克是强身派基督教[①]的信徒。20世纪初，他曾在狗拉雪橇的帮助下于阿拉斯加内陆来回驰骋了一万英里。他的窍门是将一块浸湿的兔皮覆在鼻子上，但他也承认这难免有碍观瞻。他曾提到，在一次长达五小时的漫游之后，同伴呼出的水汽已经结成了两条冰柱，它们沿着兔皮垂下，像海象一样。

在严寒环境下是否该留络腮胡？对此，人们说法不一：一方面，络腮胡可以起到防风的作用；另一方面，呼出的水汽可能会在胡子上结成一团冰，如果想要抚摸、捂热脸部就会很困难。除此之外，睫毛也有被冻住而影响视线的危险。美国康涅狄格州的原住民佩克特印第安人会在身上涂抹熊油御寒。涂抹凡士林可能会出现一些问题：且不论它可能会黏附在衣物上，影响面料的保暖性能，一旦将它涂在脸上，再想伸手去捂热脸颊就会很困难了。

风速是影响体感温度的一个重要因素。对此，亚历山

---

①流行于维多利亚时代，其信徒认为锻炼身体对品德修养的形成非常重要。

大·特奥多尔·冯·米登多夫有着切身体会，那是1842至1845年间的一次西伯利亚之旅：“一天清晨，我穿着单薄的皮衣外出，沐浴在清新的冬日阳光之中，我一度以为自己回到了故乡。可同伴却跟上来说，酒精温度计的读数又创下了纪录，到了零下47.5摄氏度。这着实让我大吃一惊。实际上，就连容易挥发的水银都已冻成坚硬的金属块。因为没有风，我根本没有意识到气温已经如此之低。”除此之外，这位西伯利亚的旅人还有一些新的观察：在没有风的时候，他呼出的空气会化作“一团浓雾”，“就像一道自然的屏障，有助于保持体温”，这不禁让他想起“女士的面纱也有同样的保暖效果”。这种说法虽然听上去很有说服力，但呼出的雾气具有保温效果这一点并没有得到科学的证实。

如果风速较快——海拔较高的地区风就会很大——又赶上降雪，就会出现暴风雪天气。如果落下的雪十分干燥，狂风就能吹起一大片，甚至能将雪花的晶体碾碎，使其变成细小的雪尘在空中飘浮。已经落到地面的雪，也会被使劲卷起，和正在落下的雪混到一起。有时候，积雪可能堆得有几米之高，甚至形成沙丘的模样。相传在法国阿尔代什地区，雪曾堆得有教堂的钟楼那么高。孩子们爬上雪堆顶部就能敲响钟声。

对特定地区非常熟悉的人会清楚地知道何处是危险之

地，甚至能说出积雪年复一年出现的位置，并精确到米。相比四面八方都飘来雪花的平地，那些免受北风侵袭的村庄相对会幸运一些。需要注意的是，在暴风雪中一定要用鼻子呼吸，缓慢前进，以免体力迅速消耗殆尽。如果迷失了方向，不妨试着接受电线杆的指引。

地球上的一些地方终年寒风肆虐，给当地人带来了很大的负担。加拿大小城费蒙特的情况就是如此。这片位于魁北克、与纽芬兰毗邻的地区原本是不毛之地，在发现铁矿石储备后才得以建市。1975 年，人们为了抵御西北风的侵袭，兴建了 1.3 千米长、6 层楼高的建筑群，并在其中设立了学校、商店、旅馆、住宅和游泳池。同时，这个建筑群也可以起到防风的作用。

解释和预言

是否正如东普鲁士人所说的那样，新年落雪就预示着蜂群的集聚？意大利人文主义者吉格里奥·格雷格里奥·吉拉尔蒂那“逢雪不写作”的神秘告诫，究竟有什么含义？施瓦本地区的一座山头从不积雪，这是否如《德意志迷信手册》（*Handbuch des Deutschen Aberglaubens*）中记载的那样，是因为这个地方在古代曾有一座城堡，其中大量的宝藏沉入了地底？又是谁在大胆地猜测，圣诞节和新年之间天降大雪和小雪分别意味着来年有长者和年轻人离世？

这样的迷信思想并不少见，甚至还有人借此预测彗星陨落、黑暗来临、旱灾侵袭和地震爆发。但是，那些世代相传的气候规律却应该引起重视。它们往往以骈句的形式出现。有些人可能对此不以为意，但最终证实这些规律确实有几分道理，要不然，它们也早该失传了。当然，人们传播这些话还有可能是想借此解释难以预测的天气变化。

我们常说“天鹅野鸭迁徙，冬天即将来临”，这样的话当然是有几分道理的。“冬天不再寒冷，降雪指日可待。”这也是八百年来一直不断应验的规律，它也符合物理法则，即气温上升则空气中水蒸气含量增加，降水（降雪）的可能性也越大。一旦在冬天吹来一阵暖风，寒意渐逝，冷热空气的交界地带就会有降雪。“一月暖，上帝怜。”这是最有名的农事规律之一，这句话说的是如果一月气候偏暖，冬天播下的种子就会提前发芽，从而在稍后的倒春寒中被冻伤，导致收成下降。“十月气候温和，一月难免遭罪”的意思是：如果在高压和东风、东南风的联合作用下，十月里气候温暖干燥，那么类似的高压天气很可能在一月再次出现，但这时的风会带来西伯利亚的冷空气，所以冬天会变得异常寒冷。5 到 10 千米高空的大气流动，是造成这一现象的罪魁祸首。现在，这种大气流动甚至会一直延续到二月。十月的天气往往可作为冬天的气候指标。如果秋天冷空气多，甚至有降雪，那么一月则往往较为暖和，这也是“十月风霜，一月和畅”的原因。经验还表明，十月多雾则冬季易下雪，所以人们常说“十月多雾，冬雪飞舞”。

“白昼长，冬季终。”这描述了一二月份白昼日趋变长、日照逐渐变强的事实。但是，一二月恰恰是一年里最冷的时候，因为受极夜影响形成的冷气流，会随东风和北风从西伯利亚和北斯堪的纳维亚半岛来到中欧。这一看似矛盾的现象，想必让我们的祖先想破了脑袋。在积雪覆盖的区域，大地在冬天的前几个月热量释放大于吸收，而积雪也会阻挡一部分日照带来的热量。

一些人甚至试图用礼拜和仪式影响天气。鸣钟是为了驱走坏天气，在田间立十字架也是出于相同的目的。很多人会把某种动物的行为视作气候变化的标志。《拉普人约翰·图里语录》（*Das Buch des Lappen Johan Turi*）中这样写道：

> 雷鸟通灵，如果在晚霞中咯咯鸣叫，则将雪花漫舞；如果咕咕鸣叫，则有雪无风。这一征兆多见于冬季。驯鹿也能感知气候的变化。如果它四处奔跑，尽情走动，则预示着风雪来袭……如果许多雪雀在冬天聚到人群旁，则将有严重的暴风雪。如果许多小鸟同时出现，则将天降大雪。

人们对季节交替的关注程度，从各地的“夏冬之争”——多地均有记录——中就可见一斑。这一颇具象征意味的活动，最早见于奥劳斯·马格努斯的记录。当时，这一活动的参与者是瑞典人和哥特人。五百多年来，“夏冬之争”一直以舌战、较量、争执或颂歌的形式出现，其范围从斯堪的纳维亚半岛一直延伸到阿尔卑斯山地区。两个分别代表夏、冬的演员在聚集的村民面前各自邀功，寻求它们的宠幸。虽然难免有一番唇枪舌剑，冬天也确实是过节和宰杀祭祀的好日子，但最终获胜的却总是夏天。虽然夏天炎热难当，但冬天显然更难忍受。就连圣诞节也无法帮助冬天扭转劣势。

在莱茵兰－普法尔茨地区，这样的辩论大概如此进行：“参辩双方都待在由板条和木棒搭成的锥形小屋里，通过一个与脑袋持平的四边形开口向外界喊话。属于冬天的小木屋上覆盖着稻草，立着秸秆制成的花环，属于夏天的小木屋则用常春藤和与巴伐利亚州旗同色的小旗子加以装饰。决战双方身上都别着木制佩剑。”

长久以来，人们一直把冬天视作“最糟糕的季节”。人们往往会将古时候的“野蛮人”与山区、高纬度和严寒联系在一起，这些都是冬天的代名词。直到暖气发明之后，人们对冬天的态度才有所改观。但冬天也不乏爱慕者，歌德就是其中的代表。1777 年 12 月 9 日，在给魏玛的冯·施泰因夫人的信中，他这样写道：“太美了！浓雾凝结成细小的雪花，日光若隐若现，白雪皑皑的景象令人欣喜。”美国浪漫主义诗人詹姆士·拉塞尔·洛威尔提出了更为惊人的见解：“都说冬天是一年中的睡神，可那又如何呢？我敢说，冬日的美梦比其他任何苏醒着的竞争者的现实还要美丽。”无论洛威尔此处所指的美梦究竟是什么，冬天已经被他视作“觉醒的少年”，它的“真诚与坦率”，远比对手有魅力。春天被洛威尔比作“优柔寡断的少女”，“不是搞不清自己的心意，就是犹豫再三，难做决定，白白浪费了别人的好心情”。等到成长为夏天女士之后，她又“失去了青春的魅力”。秋天是“家中的诗人”，虽然大气磅礴，却生在“万物凋零”的时候，是“迷雾四起、果实成熟的季节”。他盛赞雪花抚平了大地的每一道伤口，用“温柔的触摸”抚平了一切棱角。他赞美时而呈浅蓝色、时而呈淡粉色的积雪表面，甚至专门写了一首赞歌，颂扬晴空中落下的大片大片的含水量极高的雪花。

> 没有什么比大雪更能刺激我们的神经。它每次来，都会像蟋蟀一样搞出些动静，并给世间带来生气。人们吸入的每一口空气都无比清新，所有的尘埃都停止了飞舞，流动的血液也变得更加清爽。一股净化后的暖流涌上大脑，从中流过，彻底地清除了其中的一切挫败和感伤。

洛威尔的这篇冬的礼赞是否引起过共鸣？无论如何，它没能从根本上改变人们对冬天的认知。冬天依然是糟糕的季节，是衰老和死亡的标志。夏尔·波德莱尔也坚信冬天的美妙。他认为冬天虽然有十分严峻的一面，却依然是“美好的季节，幸福的季节”。波德莱尔将冬天与特定的美好事物联系在了一起，如一直垂到地面的厚窗帘、蜡烛，以及“能从晚上八点一直享用到凌晨四点”的热茶。没有足够的物质保障，显然不能以这种方式享受冬天。这样看来，对冬天的赞美或许只是那些有条件避冬的富裕知识分子用来彰显自己的优渥的方式。

最寒冷的冬天

即便仅看近几个世纪的情况，我们也很难断言哪一个冬天最为寒冷，因为关于气温的记录过于模糊、残缺。哪个地区的冬天最为寒冷？是阿尔卑斯山、格陵兰岛还是西伯利亚？即使考虑得十分全面，在固定的地点坚持测量，仅凭温度读数也不足以反映人们在冬天的真实感受。除了空气湿度和风力等级，人们对寒冷是否有心理准备也会影响身体的感受。尽管如此，仍然有一些人声称自己经历了最寒冷的冬天。他们做出这一判断的原因各不相同，有的是因为自己的体感温度太低，有的是源于冻伤的经历，有的是由于亲人因一氧化碳中毒而离世，还有的是没能在暴风雪中找到回家的路。

早在中世纪和近代早期，许多关于气候变化的记述就已存在——包括人们对炎热、霜冻和暴风雨的观察结果。现在，人们用这些数据做了一些有趣的比较研究，希望借此掌握特定现象的出现规律，做好应对未来坏天气的准备。一些勤奋的僧侣认为，气候变化以及由此带来的饥荒、洪水和传染病等灾害是上帝对人类罪行的直接惩罚，踏上忏悔之旅有助于避开未来的灾祸。

气候史上最近的一次“小冰期”出现在 15 世纪，在经历了两个特别寒冷的阶段后，于 19 世纪中叶结束。这期间，全球的地表温度都有所下降。三百年间，阿尔卑斯山、斯堪的纳维亚半岛和冰岛的冰川都有所增多。虽然与中世纪盛期相比，全球的平均气温降幅还不到 1 摄氏度，个别地区的气温降幅也只有 2 至 3 摄氏度，但它所造成的影响却极为深远：在格陵兰岛上，最后的维京人后裔就此消失；一些因纽特人为了活命，被迫离开自己的居所，在 1690 至 1728 年间南迁到苏格兰的奥克尼岛上居住；挪威的农民放弃了山上的小院，开始搬进山谷居住——1665 年，那里的粮食收成比 1300 年下降了约三分之一。这也从侧面反映了现在全球平均气温上涨 1 摄氏度可能会带来的后果。从严格意义上讲，“小冰期”其实根本算不上“冰期”，也无法和史上真正的冰期相比。但它却带来了诸多的战争，使许多国家四分五裂。要知道，当时的民众还远未从中世纪肆虐的黑死病中恢复过来。

造成气候变冷的主要原因，是1460至1550年间太阳活动的减少，这一时期也被称为“史波勒极小期”。在最为寒冷的阶段，太阳黑子数量极少。地球上火山活动的增加或许也是一个重要原因：大量的火山灰进入平流层，在一定程度上阻碍了光线的射入。15世纪与16世纪的绘画作品证实了太平洋和南美地区都有强烈的火山喷发。画家亨利克·阿维坎普的绘画作品《冬季景观》尽管创作年份不详，但画面中半显棕黄色的天空或许暗示了空气中存在火山灰的微粒。

这些观察和数据结合在一起，拼出了一幅大致的景象。15世纪30年代，科隆附近的莱茵河在冬天三度结冰，行人和马匹都能从上面经过；1400年至1600年间，德国的葡萄酒产量几近腰斩；肆虐的暴风雨诱发洪水，大片土地被淹没；植被生长季的缩短引发了农业危机和饥荒。缺少食物的不仅是人类：在严寒的影响下，一些野兽离开栖息地，开始骚扰牲畜和人群。被野狼或野狗袭击的报道在当时屡见不鲜。在寒冷的季节，就连大地也被冻住了，人们甚至担心死者无法入土为安。

如果在寒冬之后，一年中其他季节也是天公不作美，那后果无疑是致命的。1584年至1589年间，不仅冬天天寒地冻，就连春夏也潮湿寒冷。这对经济作物造成了毁灭性的打击：冬天播下的种子无一幸存，一年的收成少得可怜。17 世纪，泰晤士河至少结了十一次冰，人们开始在冰上开办“冰雪游园会”、跳舞、表演杂耍。相传因为默兹河在 1650 年前后结冰，捕不到鱼的佛兰德斯民众率先发明了炸薯条，以代替炸鱼食用。

1695 年至 1696 年间的冬天，冰岛周围的海面大片结冰，进出这个岛国的船运被迫中断。即便是在水面以下，低温也产生了深远的影响：由于鳕鱼游到了更为温暖的区域，法罗群岛附近的捕捞业受到重创；相反，原本生活在挪威沿岸的鲱鱼群一路南下，反倒让英国的渔民获得了丰收。

1690 年至 1700 年间，由于食物短缺，全欧洲有数百万人死于严寒之中。1708 年末，寒冬侵袭了斯堪的纳维亚半岛至意大利、捷克、斯洛伐克至法国的欧洲大陆，是历史上最为可怕的冬天之一。它在英国被称为“大霜冻”，在法国则被称为“大严寒”。1709 年 1 月 6 日清晨，人们被严寒打了个措手不及；这样的气温持续了三周之久，随后略有回升，但很快又重新跌落，并一直延续到三月中旬。不仅湖泊和河流冻结成冰，就连海面上也出现了冰层。所有生物都饱受低温之苦，野兽的身体被冻僵，数以百万计的小鸟因此毙命。结冰的鸡冠直接从公鸡的脑袋上掉了下来，就连平时十分抗冻的橡树都出现了裂纹。果树、胡桃树和橄榄树纷纷被冻死，就连威尼斯的潟湖也结了冰。在巴黎，零下 15 摄氏度的气温持续了十一天之久。无数的小麦被冻死，所以冬天结束后，饥荒随之而来，甚至引发了多场暴动。许多地方的运输道路被阻断数周之久。冻硬了的面包甚至用斧头才能劈开。人们在露天广场上生火供穷人取暖，富人纷纷施粥赈灾。早在美洲殖民时期，欧洲人就知晓了土豆和玉米的存在，但直到几个世纪后，它们才逐渐在欧洲被大规模种植。如果当时气候没那么严酷，这一过程可能还要拖延更久。

有些人早上醒来，发现放在床头的睡帽都给冻硬了。不仅那些靠火取暖的穷人饱受严寒之苦，就连富丽堂皇的凡尔赛宫在冬季也处于紧急状态。1709 年 1 月 10 日，奥尔良公爵夫人伊丽莎白·夏洛特·冯·普法尔茨公主在给选帝侯夫人索菲的信中这样写道：

> 严冬之苦，难以用语言描述。门口有巨伞遮着，我坐在大火盆旁，脖子上围着紫貂皮围巾，脚上套着熊皮袋，却依然冻得瑟瑟发抖，甚至拿不住笔。有生之年，我还没有见过这般寒冷的冬天。就连酒瓶里的葡萄酒都给冻住了。

为何这个冬天如此寒冷？虽然当年的光照的确较少，但 1707 年的夏天还十分炎热，甚至有许多人死于热浪。

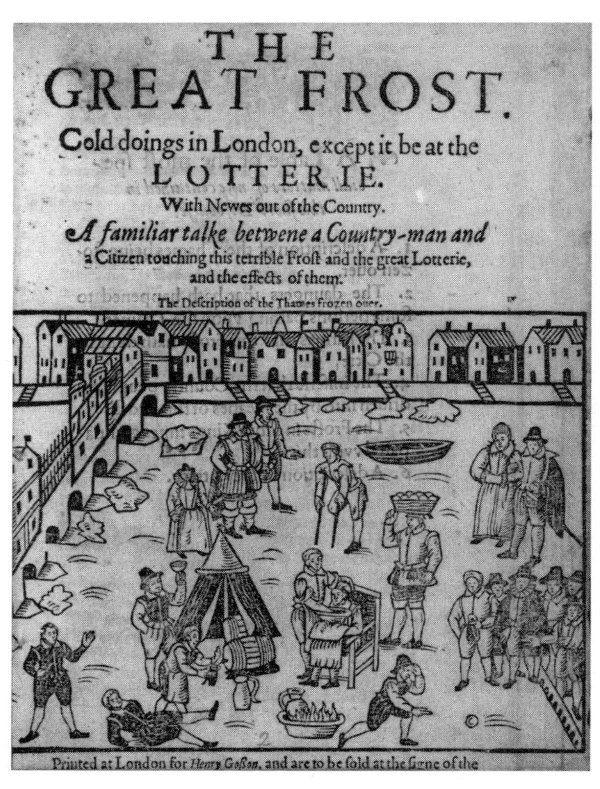

就连莎士比亚也挨了冻：托马斯·德克尔创作的
《大霜冻：伦敦人的冰雪活动》（*The Great Frost*）一书封面

1707 年和 1708 年的火山爆发——如日本的富士山和意大利的维苏威火山的爆发——可能导致了气温下降（在某些情况下，它也能起到反作用）。桑德兰大学的气候研究者丹尼斯·威勒尔通过研究英国海军日志发现：在这个史无前例的寒冬，人们以为会迎来西伯利亚的冷风，但实际上笼罩欧洲大陆的却是更为温暖的南风和西风。就连一月份的暴风雨也相对温和。威勒尔认为，“一定发生了什么不同寻常的事情”。

约翰·彼得·黑贝尔[1]的一位密友这样描述1740年的冬天：“屋里根本暖和不起来。虽然炉火熊熊燃烧，可水汽却在窗户上凝结成了冰。即便是再小的房间，也只能勉强算作世上的一片热土，其中甚至还不乏寒意。如果将一桶水沿着落地窗缓缓浇下，流到地上的不是水，而会是各式各样的冰块。在最冷的那几天，如果有人从温暖的房间迎风走出室外，走不了千余步脸上就会起肿块，手上的皮肤也会发生皴裂。大地几乎冻了有三厄尔[2]厚。掘墓人要想给他人挖掘墓穴，必须先在地面上烧干净一堆柴火才能铲得动土。野兽冻死在林间，鸟儿冻死在空中，可怜的家畜则冻死在牲口栏里。”

19世纪初，夏季突然消失了，类似的情况还从未在人们的记忆中出现过。1816年7月，一部分欧洲大陆已经被积雪覆盖。北美的情况也是如此：在春天倏然而过之后，盛夏时分也出现了冬天的景象。美国东海岸也出现了积雪。许多地方因降雨引发了洪灾，冰雹、霜冻和大雨破坏

---

① 约翰·彼得·黑贝尔（1760—1826），德国诗人。

② 德国的旧长度单位，其长度标准在各地并不统一，大致在60～80厘米之间。

了收成，继而导致出现了饥荒和社会动荡。人们无法就此给出合理的解释，教会乘机将这场灾难解释为上天对人类罪行的惩罚。直到后来，人们才得知印度尼西亚松巴哇岛上的坦博拉火山爆发的消息，并将它与气候变化联系了起来。（1883 年喀拉喀托火山爆发的时候情况就完全不同了，这一消息很快随着电报传遍了全世界。）

那是有史以来最为猛烈的一次火山爆发。在 1815 年 4 月 10 日正式爆发之前，这座近 4300 米高的火山已经连续轰鸣了好几天。此后的几个星期，周围都笼罩在黑暗之中。火山的爆发还引发了海啸，松巴哇岛上的一切毁于一旦。世界另一端的人们却在很久之后才感知到这一切。大量的火山灰和硫黄热气进入平流层，在那里形成了散布全球的气溶胶，它们吸收了日光，使得之后几年的气候明显寒冷了许多。各处的气候都变得不正常了：季风的规律被打乱，亚洲许多地方都爆发了饥荒和流行病。除了生态、经济和社会影响之外，火山爆发还带来了一些不太明显的影响：这一年，许多欧洲人被迫在夏天生火取暖。直到 1818 年收成得以恢复之后，一切才回归常态。这一年史称“无夏之年”。玛丽·沃斯通克拉夫特·雪莱在这一年匿名发表了小说《弗兰肯斯坦》，小说的主人公弗兰肯斯坦是一名化学家。他前往北极，只为追寻那因“受不了饥寒”而逃跑的怪物，这与现实呼应的情节是否只是巧合？

在下雪天迷失方向乃至被冻僵的报道并不罕见。一个十分著名的例子就是法国西南部拉帕努斯村三姐妹的故事。她们在参加完一次舞会后愉快地踏上了回家之路，却在一座光秃秃的小山上遭遇暴风雪，并很快“被雪做成的尸布包裹了起来”。据说，人们发现她们的尸体时，她们还紧紧地抱在一起，同样被冻僵的小狗就趴在她们脚边。为了纪念她们，这个山口被命名为“三姐妹山口”。这个故事世代相传。据说，在落雪的圣诞之夜，人们在明亮的月光下还能依稀看见三姐妹在天边行走的白影。

到了19世纪中叶，“小冰期”终于结束。有人猜测这与高速发展的工业及工厂排放二氧化碳有关，这种说法有一定的道理。但不管怎样，在接下来的一段时间里，依然有极端天气出现。例如，1888年3月11日至12日，暴风雪侵袭了纽约及其周边地区，导致400人丧生。当时，风速高达135千米每秒，交通和电力系统都陷入了瘫痪。纽约市内的雪堆高达5米，纽黑文的雪堆甚至达到了惊人的12米。1895年侵袭佛罗里达州的霜冻，则摧毁了成片的柠檬园。

除此之外，还有更多关于寒冬的例子：1962年末的冬天，又冷得不同寻常。极低的温度持续了三个月，使博登湖[①]自1880年以来第一次完全结冰（这在德语方言中被

① 博登湖为冰蚀湖，由下湖、于伯林格湖、上湖三部分组成。

称为“湖泊霜冻”)，这是十分不同寻常的。位于莱茵河畔施泰恩和康斯坦茨之间的下湖，冰层厚达 1 米；于伯林格湖的冰层为 30 厘米；面积更大、更为宽广的上湖冰层也达到了 20 厘米。不仅行人和滑冰者可以在上面嬉笑玩耍，就连汽车也可以在上面行驶，甚至有小型飞机在结冰的湖面上降落。当然，也有不少人和车最后掉进了冰窟窿。2 月 1 日，一支冰上游行队横穿了于伯林格湖。2 月 12 日，这支游行队又带着木质圣约翰半身塑像，冒着暴风雪行进 7 千米，从德国的哈格瑙来到了瑞士一侧的明斯特林根。瑞士一方也举行了一次持续两个半小时的冰上游行。后来，一阵焚风[①]吹来，冰层在一夜之间消失。在结冰的湖面上

湖泊霜冻：一架飞机在林道港降落

① 空气做绝热下沉运动时因温度升高、湿度降低而形成的一种干热风。

漫步的传统，至少可以追溯到16世纪，但具体的起源目前尚不得而知。

与那些“稀松平常”的冬日相比，严酷的寒冬总能给人留下更为深刻的印象——人们的感受总是存在一定的偏差。一些天气预测者试图从气温的起落和灾害的反复之中找寻规律，利用现有的数据总结天气变化的法则。气象学家埃米利安·勒努认为，极度寒冷的冬天每四十年出现一次，这样的规律已经延续了五六次，例如1870年的冬天就和1830年的冬天一样寒冷。至于这种“规律”从何而来，勒努并没有给出解释。现在，解释模型越来越复杂，人们对几个世纪以来不无残缺的气温表和气象观察结果进行回测推演，以期发现某种规律或模型。德国气象学家爱德华·布吕克纳对过去几个世纪中的几个变量因子进行了研究，发现在寒冬、干旱季节以及伤寒流行时，葡萄会异常晚熟。他对过去九百年里的二十五次暖期和寒期的气象学交替进行了总结。

瑞士格劳宾登州尤夫村的近三十位居民可能更清楚从前是什么样子。尤夫村海拔2126米，是欧洲海拔最高的常驻村落，近三十位村民常年居住在树木线之上。在群山的环绕中，一排房子坐落在一个长长的山谷斜坡上，房子的布局很紧凑。这个村落的历史可以追溯到13世纪。从前，人们靠烧干羊粪取暖。这里一年有九个月都有积雪，冬天可以一直持续到五月。在极度寒冷的情况下，冬天的气温可以降到零下 25 摄氏度以下。这儿的居民随时都可能成为风雪的俘虏。如果急需某样东西，可不是那么容易得到的，求医问药就更是奢望。去克雷斯塔上学的孩子们，每天要坐两个小时的汽车才能到达。

雪花

雪花既是对称的，又是不规则的。作为气流的玩物，它在空中上下飞舞，在天地之间缓缓飘动。从 3000 米高空落到地面，甚至可以花上三天时间。中雨的降落速度大约为 20 千米每小时，而由千万冰晶组成的雪花的平均下降速度却只有 4 千米每小时。由于边缘有大量气流，雪花下落时会不时在水平方向“徘徊”，保持一种相对稳定的状态，就像从树上掉下的落叶一般。

冰晶是水蒸气围绕灰尘微粒凝结形成的。它会吸引空气中越来越多的水分子，从而出现凝华，主要是在尖端，从而让冰晶不断壮大。冰晶的形状取决于温度、湿度和气压。气压越高，冰晶的分叉就越明显。不到最后一刻，冰晶的形状很难预测，因为对其产生影响的要素在不断变化。许多冰晶凝结在一起，就形成了雪花。

每一片冰晶都有自己的主干和分支，它们合在一起，形成了反光的薄冰片。星形的雪晶往往有六个角，它们又会各自衍生出分叉。这种栅格化的形态，可以一直细分到分子层面。对称星形雪晶有时也会有三个角或十二个角，但除此之外再无其他可能。另外，雪晶也可能呈柱状或针状。栅格状的雪花就像一根六面小型冰柱。

约翰尼斯·开普勒因发现行星绕太阳运动的规律而闻名于世。1611 年，他撰写了一篇名为《论六角形雪花》（*Strena seu de nive sexangula, Vom sechseckigen Schnee*）的短文来论述雪晶的六角形结构。他是第一个在科学层面上强调六角形雪晶的对称性的人，并将单片雪晶与堆叠而成的雪晶区分开来："扁平细薄、晶莹剔透的雪晶大约只有一张纸那么厚，却有着完美的六角形状。它的边缘和角度都出奇一致，人类根本做不到如此精确。"但是，对于雪晶的多种样式和典型结构，开普勒并没有给出解释。在一次外出散步时，雪花飘落在这位鲁道夫二世的宫廷天文学家的大衣上，引发了他的深思：

> 我愁眉不展地从桥上走过，嗟叹自己一贫如洗，甚至都不能赠你新年礼物，只得旧调重弹，承认自己空手而来，或是使劲开动脑筋，找些话给自己开

> 脱。就在这时，严寒使水蒸气凝结成了雪花，片片飘落到我的外衣上，它们都呈六角形，向外散射着光芒。啊，老天，这东西比水滴还小，却有着规则的形状。啊，对于一无所有的人来说，这无疑是天赐的新年礼物！从空中落下的星形雪花，也适合被一位一无所有、一无所得的数学家当作礼物送人！

1735年，巴尔塔扎·海因里希·海因修斯发表了《冰雪神学论：将雪视作上帝伟大产物的虔诚思想》（*Chionotheologia, oder erbauliche Gedancken vom Schnee als einem wunderbaren Geschöpfe Gottes*）一文。海因修斯是一项由神学家和哲学家发起的小规模运动的参与者，这些人试图在特定的物体和生物身上，发现上帝的准则。海因修斯的同伴恩斯特·路德维希·拉特莱夫发表了《蝗虫神学论》（*Akrido-theologie*），将蝗虫视作宇宙的中心。彼得·阿尔瓦特则出版了关于雷暴的《雷雨神学论》（*Bronto-Theologie*）一书。“六角形的小星星”让海因修斯为之倾倒：“永恒的上帝啊，这是多么可爱的景象！这些晶莹剔透的小镜之中，何尝不蕴藏着你的万能和智慧。它们是多么精致！即使是最为轻微的呼吸，也能令它们融化。它们的比例是多么匀称，每个分叉之间的距离出奇一致，仿佛经过数学家无比精密的测量。”

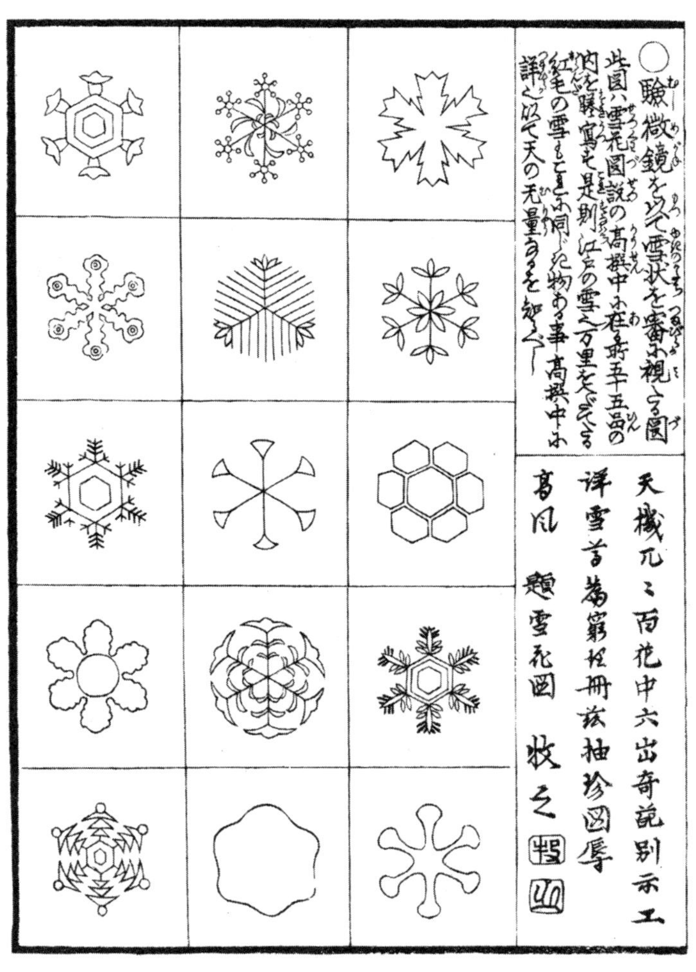

日本商人铃木牧之的手绘雪晶：“上天所赐的各种奇特形状。”

日本商人铃木牧之记录下了自己的研究结果："将雪花置于放大镜下，可以看到上天所赐的各种奇特形状。"铃木牧之注意到了雪花的不同形状和不同气候条件之间的关系。他认为，圆形的六角雪花出自上天之手，棱状的六角雪花则是大地的馈赠。稍后，我们还将提到他对关西地区颇有见地的观察。

怎样才能更为真实地再现雪花的形状？研究者们通常把它绘成黑色，好与白纸形成鲜明的对比，但这并不符合雪花的本质特征。北极研究者威廉·斯科斯比用一支极细的黑笔手绘出了雪晶的轮廓，从而兼顾了它的形状和颜色。他的手绘作品与荷兰医生约翰·内提斯、英国气象学家詹姆斯·格莱舍的作品被一道收录在美国福音传单协会1863年出版的《雪花：自然之书的一章》（*Snow-flakes: A Chapter from the Book of Nature*）一书中。这本书中丰富的解说文字可以说是对雪和冬天的抒情赞歌。例如："雪花装饰了冬日，弥补了叶落花谢的遗憾。"又如："雪花是世上最冰清玉洁的事物。"雪与欢乐、善举联系在了一起，当然，雪也带来了些许忧郁。

论及更为精准地描述雪花的形状，当然是在显微镜和摄影技术结合之后。这一切都与一个人密不可分——来自佛蒙特州耶利哥的美国农场主威尔逊·本特利。当普通人在风雪天迫不及待地回家躲避时，他却全副武装，带着一块漆成黑色、带有两个金属手柄的木板去雪中“捕捉”雪花。他用放大镜逐一观察雪花的形状，借助鸡毛掸子将那些不感兴趣的雪花扫除。一发现自己感兴趣的雪花，他就把木板拿到房子阴面没有暖气的木板棚里。他用一块笤帚片小心地铲起雪花，将它放到显微镜的载玻片中央。如果位置不对，还需用柔软的鸟羽调整位置。完成这件不损坏雪花晶体结构的精细活，需要上佳的指尖触感。“我的手非常稳……我从不抽烟喝酒，也不服用任何可能对神经产生负面影响的兴奋剂。”本特利曾经这样说。

他必须万分小心才能做到这一切，因为他每次都在和时间赛跑。他不能朝着研究对象呼气，否则雪花就会在他眼前融化。屏住呼吸的同时，他还要试着在纸上临摹出雪花的形状。就算没有雪花融化的危险，时间依然是他的敌人。即便是在极低的温度之下，水分子依然会从冰晶中挥发。这一过程会很快在冰晶的末梢和棱角处发生，导致结构的改变。具体来看，气温、大气湿度和冰晶大小等都会影响水分子的挥发。每一次，本特利都只有几分钟时间来观察和临摹雪花的“原始状态”。

后来，他想到了把照相机和显微镜结合起来。这个体型瘦削的男人手臂较短，给照相机对焦有些困难，为了便于操作，他给这个装置安了操纵杆。1885 年 1 月 15 日，年仅十九岁的本特利成功拍摄了第一幅雪晶的微缩照片。

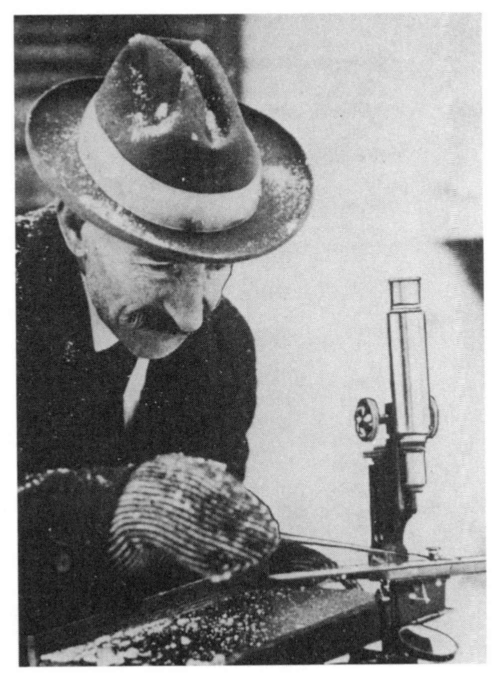

威尔逊·本特利在寻找完美的雪花

这位业余爱好者一坚持就是46个冬天。即便在1888年3月11日这个美国历史上最为残酷的暴风雪之夜，他也与雪花“待在一起”。在这四十多年间，本特利给这些精致的样品拍摄了5381幅照片。他曾留下一句名言：世上没有完全相同的雪花。1931年，他将其中2000幅照片集结成册，出版了《雪晶》（*Snow Crystals*）一书。拍摄雪花成了他一生的爱好和执念。除此之外，他还要照顾母亲，并坚持自己的另外一些爱好：从报纸上剪下面带笑容的年轻默片影星头像，以及给少女拍照。

威尔逊·本特利当然是伟大的，但他没有严格遵循科学准则——对于雪晶的形状，他有着自己的标准。他只考虑那些对称完美的雪晶，并耗费很长时间对摄影负片进行加工，其中就包括修版。经过这样的处理，黑色背景映衬下的雪花就像放置在丝绒布上的钻石。一方面，这使得他的照片被指责为“科学媚俗”；另一方面，科普著作却不遗余力地翻印他的照片，人们从此对雪花有了完美对称的刻板印象。更有一些艺术家、首饰制造商和玻璃制品设计师干脆把本特利的摄影作品当作灵感的来源。

日本物理学家中谷宇吉郎严格从科学角度出发，拍摄了许多雪花的照片，并对它们进行了系统的研究。他设计的动态模型，可以反映气温和空气中水蒸气含量对雪花形状的影响。他得出了以下结论：零下 20 摄氏度到零下 10 摄氏度的气温和较高的大气水蒸气含量最有利于大片星形雪花的形成。但是，中谷宇吉郎是在实验室中得出的结论。当雪花在云端上下飞舞的时候，环境温度和湿度都会发生改变。在这个过程中，雪花还会呈现出一些过渡形状，最终凝结在一起。1936 年，中谷宇吉郎在专门搭建的低温实验室里培育了第一片人工雪晶：它附着在一根兔毛的尖端。他曾说：“雪花可被称作天堂来信。”

冰粒和霰[①]是雪花在下落的过程中开始融化、在进入冷空气层后又重新结冰形成的。如果雪花只融化了一部分，就会形成各种各样的形状：这样的霰外壳坚硬，内核柔软。各种形状不规则的小冰块从天而降，就形成了冰雹。它形成于积雨云中。小冰晶或凝结的水滴通过不断吸收表面的水分，在云中不断增大，并随着上升和下降气流而不断升降。它们最后的大小，取决于上升气流的强度和云中积聚的水滴含量。当上升气流无法承受它们的重量时，它们便落到地面，成为冰雹。个头较大的冰雹可能会造成严重的灾害。

直径 1 毫米的冰晶含有约 10^{20} 个水分子。这些水分子在两片冰晶中所处位置完全相同的可能性极低，所以根本不可能有两片完全相同的冰晶存在。一般情况下，雪花的直径只有几毫米。5 毫米直径的雪花重量正好是 4 微克。当气温略低于 0 摄氏度时，冰晶的凝结力最强，也最容易形成大片的雪花。一位美国农场主曾说，自己 1887 年测量的一片雪花直径为 38 厘米，足有一个飞盘那么大，但这种说法的真实性还有待考证。

因纽特人的语言中真有数不清的词去形容雪吗？这是人类学家弗朗兹 · 博厄斯在 19 世纪 80 年代考察加拿大北

---

① 由白色不透明的近似球状（有时呈圆锥形）的、有雪状结构的冰相粒子组成的固态降水，落在硬地上常反跳，松脆易碎。

部的巴芬岛时提出的观点。鉴于冰雪在那里太过常见，这样的说法似乎很能令人信服。这种假设基于这样一种观点：与自然力量接触更为密切的“自然人”早已学会更好地区分雪花的细节，并由此形成了无比丰富的语汇。但这种说法并非无可指摘，因为因纽特人（可细分成 22 个区域族群）的语言恰恰以言简意赅著称，印欧语系日耳曼语族的语言中要一句话才能表达的意思，因纽特语只需一个词就能表达。这种将基本词和语义要素结合在一起的语言，被称为多式综合语。另外，在德语、英语和法语中，也不是只用一个概念去形容雪的各种形式。因纽特人用来形容雪的那些神秘用词，如 natatqonaq（糙雪）、siqoq（雪雾）、anniu（降雪）、upsik（风吹雪）、siqoqtoaq（融化后又在树根重新凝结的干硬的雪）、qali（树上的堆雪）——这只是一小部分——也都可以在德语中找到相应表达。无论如何，轻率地进行比较和仓促地下结论都会造成一些问题。

冰岛语中也有许多用来描绘雪的词语，如优美而神秘的 mjöll 或 nýsnær（新雪）、fannkoma（降雪）、hundslappadrífa（晴天落下的鹅毛大雪）、lausamijöll（霰）、ofanbylur（风雪）、skafkafald（风滚雪）和 fukt（小雪）等。有人耗尽心力整理了挪威语中与雪存在广义关联的上百个词，它们或有自己的视角和故事，或体现了某种诗意。

heiske 意为“晴空中落下的细雪”，blåstøde 是“富含水珠的雪”，fjorsnø 指“去年的雪”，smaladrepar 是“表面结冰的湿润雪层，它覆盖在地面上，使得牲畜无法觅食”。此外还有 stolpesnø（跌跌撞撞的雪），即那些尚未落下、漫天飞舞的雪。

自从单层玻璃被双层玻璃和保温玻璃取代之后，窗户上的霜花变得越来越罕见。这种一层层向上“生长”的精致冰晶形似植物，引人遐想。现在，偶尔还能在车窗或其他光滑的表面上发现它的存在。霜花是液态水在严寒之下结冰形成的，是内与外、文明与自然发生碰撞的结果，它一成形就面临着融化的危险。它与雪花有着不同的晶体结构，只能在物体表面循着特殊的规律生长。几百年来，人们一直在不遗余力地研究它。为了解释它那神似植物或花朵的外形，一些人几近抓狂。它既让人欣喜，又使人迷茫。就连“霜花”这个词本身也有奇特的矛盾性。生命究竟来自何处，又在何处湮灭？人们一直试图找出霜花的植物性。还是说，它只是生机勃勃的大自然的倒影？

霜花造型精美、浑然天成。在德语文学史上，研究它的作品不在少数。在对它的结构有更深的研究之前，一些思想家曾认为霜花是有机体。歌德曾在给友人卡尔·路德维希·冯·科内贝尔的信中坚决反对“把霜花视作植物”。这个问题越闹越大，甚至一度导致两人反目。后来，在卡尔·菲利普·莫里茨的斡旋之下，两人才就这一“自然和艺术之美”达成一致意见。亚瑟·叔本华也在《作为意志和表象的世界》一书中论及霜花：“窗玻璃上的冰有序结晶，这是自然的意志和力量得到体现的结果；但由此形成的树木和花朵，却只能供我们观赏，本质上并不重要。”

啊！当冬日来临，
我将在何处采撷花朵！

——荷尔德林[①]

在路德维希·蒂克的中篇小说《生活的充裕》（*Des Lebens Überfluss*）中，克拉拉将姑母的猜测告诉了自己的丈夫：“结着厚厚一层霜的窗户，大概比洁净的窗户更为保暖。”窗户上的图案，也让她十分着迷：“这些形形色色的花朵是多么奇妙！我总觉得在现实生活中见过它们，却又很难用言语描述。看啊，它们相互交错，就在我们说话的这一刻，这了不起的花瓣似乎又变大了一些。”在托马斯·曼的长篇小说《浮士德博士》中，阿德里安·莱韦屈恩也认真研究了窗上的霜花：“隆冬时节，每当那些水晶般的雪遮住了布赫尔小楼的农家小窗时，他便往往会用肉

① 弗里德里希·荷尔德林（1770—1843），德国著名诗人，古典浪漫派诗歌的先驱。

眼或放大镜专心致志地凝视它们的结构长达半个小时之久。”他认为，它们是在“用某种变戏法似的无耻去模仿植物，美妙无比地装扮成棕榈叶、小草以及杯状和星形的花朵，利用它们冰冷的手段在有机界班门弄斧”。他饶有兴致地思考起幻影与植物形态之间的关系：“他提的问题是，这些幻影是形成于这些植物形态之前，还是形成于模仿它们之后？”奥地利作家菲利克斯·布劳恩曾在散文《霜花》（*Die Eisblume*）中写道：“生命被镌刻在水的本性之中，它在严寒的逼迫之下，会用最为神奇的方式在玻璃上吐露自己的秘密。”

今天，科学家对冰晶及其构成原理已经有了更为全面的了解。“水分子间的引力决定了即便是最小的冰晶也有基本的六角形结构。”物理学家卡琳娜·摩根斯坦解释说。这一基本的构成原理从一开始就决定了棱角的产生。“空气中的水分子在发生凝结时，会直接附着在已有的冰晶之上。”这位女科学家继续说道。不同的生成条件对晶体结构有着明显的影响，主要包括基底及其晶格缺陷、温度（5 摄氏度之差就能造成结构的巨大差异）和含水量。水分子的积聚效应主要发生在晶体棱角上，使得闪闪发光的晶体不断变大。“晶核”是结晶的必要条件，它可以是粉尘微粒，也可以是光滑表面上的一道划痕。如果大胆地把它和“花心”联系在一起，说霜花和真实的花朵相似，似乎也不无道理。但卡琳娜·摩根斯坦的研究并非围绕霜花展开：她会在实验中将水汽喷向镀金、镀银、镀铜和镀锌的光滑表面，然后刻意在上面涂上一层食盐。

几年前的一个冬日，美国摄影师乔纳坦·尼莫弗洛在马萨诸塞州南塔克特岛岸边目睹了不可思议的一幕。眼前的海水已半冻成冰，海浪移动的速度也比平常慢得多。除此之外，这幅奇景的“配音”也不同寻常：“人们平时总能听到海浪的拍击声，可当时却异常安静，仿佛我的耳朵已经被耳塞堵住了。”第二天，尼莫弗洛再次回到了那片沙滩。这一次，一切都停止了活动：海浪不见了，整片海域都结了冰。昨天的那番景象，或许是因为海浪的移动破坏了冰晶结构，使得覆盖层无法及时形成。对此，科学家们还在努力给出更为准确的解释。

雪环的直径可以达到 60 厘米，其中的圆孔直径可达到 16 厘米。本特利曾观察并记录下雪环的形成与移动过程。它最初只是一个从树梢或山岩上坠落的雪团，落到地面后，它会继续移动，上面附着的雪会越来越多，直到无法被风继续吹动时，它才会停下来。强风吹过平地时也可能产生雪环。雪环的内侧不仅没有雪块堆积，还有一个空洞，这的确让人觉得不可思议，显然，这是离心力作用的结果。

这些例子表明，雪的确可以流动。当温度接近冰点时，只需借助极小的外力，就可以让雪流动：

当一层层冰晶像扑克牌一样堆在一起时，这块冰就会流动起来。通常情况下，含冰的物质仅靠重力作用就能发生位移，温度接近零点时就更是如此。所以，冰川才会在山间流动。[①] 雪也有着同样的可塑性：例如少量积雪可沿着屋顶边缘悬垂而下。

冰晶在空气中与冷却的水滴相遇、结合，就会被霜化成霰。随着雪越积越多，底部的雪不堪重负，就会失去蓬松的形态。有时，风会将表层的雪粒吹起，直至它们重新分散落下。即便不存在上述情况，新落下的雪也在不断发生变化。科学家将雪的这种微观结构变化称作“雪的形态变化”。

随处可见的冰柱有自己的形成规律。冰柱末端的水滴绝不会比沿着冰柱表面流下的水滴更大。只要一直有融化的雪水从冰柱表面淌下并结冰，冰柱就会变得越来越粗。而冰柱的长度则与一个看似自相矛盾的事实有关：只有当水滴的流动速度几近停滞时，冰柱的长度才增长得最快，因为这时水滴有更多的时间冷却。如果沿着冰柱表面流下的水过多，正在凝结的水滴温度变高，水滴就不能很好地凝结在冰柱末端，甚至会因为来不及凝结而立即坠落。只

---

① 指极地或高山地区地表上多年存在并具有沿地面运动状态的天然冰体，有可塑性，在重力和压力作用下，可产生塑性流动和块状滑动。

要一直保持表面湿润，冰柱就会一直生长。有些冰柱即便已经完全冻住，依然会发生一些细节变化。它们的表面会出现一些类似“褶皱”的东西。如果表层最先被冻住，那么冰柱内的水在结冰的过程中会发生膨胀，甚至突破冰壁，从而形成“冰刺”。冰柱时不时会从高处断裂坠落，有的足有几米高，甚至会像手臂一样粗。但即便是较小的冰柱，如果跌落速度过快，也会造成严重的事故。

微小雪粒有时会形成冰针，这是一种很难观测到的现象。1918 年，气象学家兼极地研究者阿尔弗雷德·魏格纳最早注意到了这一现象。一次，在孚日山脉散步时，他注意到了这些附着在枯死腐烂的树枝上的只有几厘米长的精致冰晶。它们的厚度大约只有 0.1 毫米。不久前，人们才终于明白了这一现象的成因。树枝上之所以会出现这一奇特的现象，是因为有一种名叫拟黑耳的真菌存在。科学家发现，这种真菌会分泌出一种蛋白分子，阻止冰层的形成。而这种分子本身又可以充当晶核：冰晶从这里发散，呈线状延伸，最后就成了冰针。在特定条件下，冰针的长度可达到 10 厘米。

在地球上的某些地方，你会发现冰川底下埋藏着惊喜。1993 年，人们在西伯利亚针叶林、戈壁沙漠和哈萨克草原交界处的一座地下墓穴里，发现了一具有着近两千年历史的尸体。根据后来的现场还原，雪水曾灌进墓室，由于当地常年天寒地冻，便将这位“冰夫人”（又称“阿尔泰公主”）冻成了坚冰。20年前，美国考古学家约翰·莱因哈德在秘鲁安帕托休眠火山旁一座海拔6300米的冰川上发现了一个已经被冻成干尸的少女，以及一些价值不菲的陪葬品。灼热的火山灰融化了冰层，使她的遗骸得以重见天日。人们将这个“冰冻少女”命名为“胡安妮塔”，在被石块击中头部后，她已经在那儿躺了有500年。或许，人们把她当作祭品献给了火山之神，以求后者仁慈相待。但是，不管是“冰夫人”还是“胡安妮塔”，都远没有1991年出土的“奥兹”历史悠久。这个猎人兼牧羊人已经在阿尔卑斯山上沉睡了5300年。当然，论及尸体的保存完好度，约翰·富兰克林探险队成员的尸体远胜这些古老的木乃伊。1984年，在这些探险队成员失踪132年后，加拿大人类学家欧文·贝蒂终于开始找寻他们的踪迹，并最终在加拿大西北航道的比奇岛上找到了他们。他发现，这些人死于慢性铅中毒。

地球表面近四分之一的面积分布有永久冻土层，主要位于阿拉斯加、加拿大、西伯利亚、格陵兰岛、斯堪的纳维亚半岛北部及其他一些岛屿上。冻土形成于地表温度常年低于0摄氏度的地区。只有最外层的冻土会随着季节引起的气温变化而变化，即在短暂的夏季融化，除此之外的时间，整个地面都会冻得十分结实。在俄罗斯北部，这样的冻土层深达 1500 米。在这样的地面上建造房屋会遇到一些困难，因为建筑会向外散热，并对地面造成压力。这时候，就需要打木桩作地基，管道也必须沿着支架铺设。有时候，人们必须对地基进行人工冷却，以防止地表软化造成建筑沉降。在许多地方，气候变迁对永久冻土层产生了影响：越来越多的冻土层正在变为沼泽。

城市和海边的冬天

对城市而言，冬天往往是一个不速之客。因为它，街道无法通行，人行道和田间小道成了摔跤现场。只有公园里的草坪和树木都被雪染白时，才勉强显现出仙境般的景象；大多数情况下，雪一落地，就与尘埃和污泥混在了一起。城里的雪只有在无须被铲走时才是美丽的。城市能够承受的降雪量十分有限，因为基础设施随时会被雪破坏。城里的居民已经习惯在离开温暖的家前，仔细考虑该走哪条路。对大城市的青年来说，冬日的喜悦无疑十分有限。阿尔弗雷德·波尔加[①]认为，商贩卖炒栗的场景是少数能让人体味到冬日喜悦的事物之一："他那热气腾腾、闪着红

① 阿尔弗雷德·波尔加（1873—1955），奥地利专栏作家、戏剧评论家。

光的铁炉，无论是对那些衣衫褴褛、僵直着身子在街上闲逛的穷人家孩子来说，还是对那些牵着母亲或家庭女教师的手、体态像自己的礼服和鞋子一样雍容华贵的富家子弟来说，都有着同样的吸引力……他嘴边呼出的热气总是和铁板上腾起的蒸汽交织在一起；灼热的烟雾，直熏得他双颊发红。”

当伊塔洛·卡尔维诺的小说《马可瓦尔多》的同名主人公在一个冬天的早上打开窗户时，眼前的一切让他简直不敢相信：“城市已经不见了，取而代之的是一块白纱。”他朝妻子喊了句“下雪了！”，这声音在空中显得无比缥缈：“白雪不仅可以覆盖线条、颜色和外观，也能覆盖一切声音，甚至起到消声的作用。在降噪空间中，声波几乎不发生振动。”由于电车在雪天停驶，马可瓦尔多必须步行上班。此时，车道和人行道已经没了差别。他仿佛身处另一座城市，甚至幻想着将雪堆成两道矮墙，铺出一条路。这条路只供他一个人行走，通向一个只有他才知道的地方。他甚至打算重新建造城市，将雪堆得和楼房一样高，让它们难分彼此。

雪改变了城市的容貌，也掩盖了它往日的妆容。冬天像一口钟罩在城市上方，所有的街道都陷入了静谧。冬天使街道变得越来越窄，越来越安静，还抹去了夏天和秋天的痕迹。回首过去，夏天就像南柯一梦。周围变得十分宁静，那些不敢外出的人，仿佛已在寒冷的荒漠中失去了方向。此时如果再下一场大雪，整座城市都将被染白。大雪迫使人们放慢节奏，同时，它也会成为人们逃避日常责任的常用借口，甚至成为破坏规则的理由：反正街上的车很少，开得又慢，为何不闯个红灯，赶紧过马路呢？

有一次，伊斯坦布尔下了一场大雪。积雪使整个交通系统几乎陷入瘫痪。人们将仅有的盐撒在了主干道上。在这样的日子里，城里完全是另一番光景。图书馆停止开放，学校停课，人们纷纷蜗居在家。如果下雪天还伴随着电闪雷鸣，想必会出现十分罕见的景象。

如果严寒地区的人口聚居区被群山环绕，或是遇上无风的时节，便很可能会被一层雾气笼罩。这种所谓的“人烟”，其实是热废气和人们呼出的气体相互聚合的结果。它像一口大钟笼罩在城市上方，或多或少起到了隔离高空气流的作用。

雪对城市生活提出了考验。严峻的寒冬一再清晰地表明，人类只能任凭自然摆布。但也有特殊情况。蒙特利尔每年都逃不过寒冷和降雪的打击，可人们却成功地摆脱了它们的影响。人们在地下挖了长达 32 千米的隧道网，可容纳 50 万人避寒居住。他们甚至都不知道外面究竟有没有下雪。这番场景，不禁让人想起迷宫般的宇宙飞船。但那里的人们显然并未满足，他们还想在荒废的冬日体验新奇的城市生活：他们将图片、影片和互动游戏投影到原本很暗的建筑表面，营造了一种全新的氛围。此外，蒙特利尔灯光节、白色之夜等冬季庆典和光疗等艺术活动也让人们不顾严寒，一次次聚到街头和广场上。

地中海地区的冬天常常笼罩在一种特殊的忧郁氛围中。或许是对炎热长夏过于思念，寒冷的季节会让人觉得更加难以承受。这儿的防护措施往往做得不如高纬度地区好，所以即便气温尚可，当地的居民也会觉得难以忍受。城市里几乎没有游客，显得毫无生气。或许，这恰好是威尼斯这样的城市在冬天对作家有着不同寻常的吸引力的原因。雾气氤氲的巷道，空无一人的贡多拉[①]，不时覆满白霜的小桥，都散发着一股阴郁的魅力。空旷的圣马可大教堂奇妙静谧，闪耀着金光。当风从多洛米蒂山吹来，那些早已陷入迷茫的访客，可能就更会觉得完全选错来的时间了。

俄裔美国作家约瑟夫·布罗茨基就绝不会在夏天来威尼斯，因为彼时遍地都是“碳氢化合物和腋下汗水的味道”，以及“穿着运动短裤的人们”。这位自诩是“北方人”的作家强烈推荐人们在冬天来威尼斯：“即便在亚得里亚海畔，生命在这个抽象的季节也显得更为真实，因为

① 独具特色的威尼斯尖舟。

冬天更加寒冷，更加无情。”他所供职的大学在冬天会放五周寒假，他会利用这段时间来威尼斯“朝圣”。布罗茨基说，迷雾“阻隔了一切倒影，也吞噬了建筑、人群、长廊、桥梁、雕像等一切有外在形状的事物，使威尼斯比任何圣殿都更超然”。他还说，冬日的阳光可以“使肉眼具备显微镜般精准的分辨力”。这种说法虽然不符合物理学原理，但用来形容冬日暖阳那“最为纯粹的存在形式”，却并无不可：“它既不送来温暖，也不带来能量。这些都被投射在了宇宙之间，或是被遗弃在了卷积云之后。它唯一的追求，就是来到大大小小的物体跟前，使这些物体能被人看到。那是私人的光线，属于乔尔乔内[①]和贝利尼[②]，而不属于提埃坡罗[③]和丁托列托[④]。”只有在冬天，他才能向威尼斯这样倾诉爱意。后来，布罗茨基被安葬在了威尼斯潟湖内的圣米凯莱岛上。

如果天气足够干爽晴朗，人们从巴塞罗那就能眺望马略卡岛。1838 年，乔治·桑[⑤]和肖邦在这里度过了一个传

---

① 乔尔乔内（1477—1510），意大利威尼斯画派画家，架上画的先行者，威尼斯画派中最具抒情风格的画家。

② 乔凡尼·贝利尼（1430—1516），意大利威尼斯画派画家，乔尔乔内的老师。

③ 乔凡尼·巴蒂斯塔·提埃坡罗（1696—1770），巴洛克及洛可可时期意大利著名画家。

④ 丁托列托（1518—1594），意大利威尼斯画派画家，作品色彩富丽奇幻，在威尼斯画派中独树一帜。

⑤ 乔治·桑（1804—1876），法国著名小说家，曾与肖邦有过一段恋情。

奇的冬天。他们到这里是为了躲避巴黎湿冷的冬天。他们刚到马略卡时是十月，迎接他们的是炎炎夏日，但他们很快就发现这儿的天气难以忍受。虽然所有马略卡人都信誓旦旦地说，他们的岛上终年无雨，但从十一月底起，降雨却一直持续了两个月。他们租住的房子由于没有采取防潮措施，很快便无法居住了。

> 一天早上，我们听见了溪水从散布在河床上的石块间流过的声音。呼啸的狂风已经吹了我们房子一整夜，雨点拍打着我们的窗户。第二天，水声更大了。第三天，就连原本挡住溪流去路的石块都被冲走了。树上的花朵都落了下来，雨水开始渗进我们本就会漏水的房子里。

这座被戏称为“风之屋”的别墅显然经受不住暴风雨的考验。墙壁上的石灰很快就吸水膨胀成了海绵状。乔治·桑说出了那个地中海游客再熟悉不过的自相矛盾的事实：“虽然天气并不冷，但我却从没有这般受罪过。对于我们这些习惯了供暖的人来说，没有壁炉的房子就像一件披在肩膀上的冰外套。我整个人就像瘫痪了一样。”后来，房东听信了他们患有会传染的肺结核的传言，要求他们立即退房离开。

于是，这两位法国来客再次陷入窘境：他们必须在有限的选项中，找出一个合适的住处。最终，他们选中了浪漫的瓦尔德莫萨镇作为自己的“冬日避难所”。那些习惯夏天在那儿居住的人，早已经被严寒赶跑。肖邦的健康状况越来越差。虽然天气状况不佳，乔治·桑还是能在住处苦中作乐：在那重叠的建筑群中，她开始探索最为隐秘的僧侣生活。虽然日照时间很短——整个上午，房子都处在一侧山峦的阴影之下；下午三点之后，阳光又被另一侧的山挡住——留下的光影却十分美妙：“从岩缝或山巅斜射过来的日光，将中庭染成了金黄色和紫色！原本像方尖碑一样藏在暗处的柏树，此时终于在日辉中探出了脑袋；棕榈树的果实像成堆的钻石一样闪耀。一道长长的斜影，将山谷一分为二：一侧如夏日般光照充盈，另一侧则是一派阴冷的冬日景象。”但正如她在另一篇流传甚广的游记中提到的十二月的“灿烂秋阳”一样，这只是一番幻象。

寒冷经济学

虽然冬天的冰雪会提供一部分水分，但大多数树木还是会因为缺水导致叶子掉落。当然，各种植物的耐寒性并不相同。胡桃树、橄榄树、石榴树和栗子树耐寒能力有限，葡萄藤则相对更为抗冻。有些树种天赋异秉，能够适应不同地区的生长环境。例如，美国西海岸俄勒冈州的冬天还算温和，所以那儿的花旗松最多只可承受零下 20 摄氏度的低温，而科罗拉多州落基山脉上的花旗松在零下 80 摄氏度的环境中仍然不会死亡。有些树种能承受的最低温度恰好与它们所分布的纬度带的最低温度相匹配，还有一些树种可以承受比所分布地区的最低温度更低的温度。人们对不同的树种进行了详细的研究，得出的结论出人意料。美国西北部地区著名的红杉能够承受零下 15 摄氏度的低温，而糖枫——最高可达 40 米——的耐寒极限在零下 43 摄氏度至零下 42 摄氏度，云杉、落叶松和纸皮桦则在零下 80 摄氏度时才会开始死亡。除了缺水之外，乔木和灌木还面临着其他的威胁。有些地区气候温和，湿度较高，所以暴风雪频发，树枝会被积雪压弯、压折，树木的形态也会被风雪改变。狂风吹来的冰粒甚至可以将部分树皮擦伤，继而导致树木进一步失水。针叶林中的树木由于叶子较细，一般不太容易受积雪困扰，但人们在芬兰发现了一株高达 12 米的云杉，上面有重达 3 吨的积雪和冰块。以黑杉为代表的树种能在极端情况下于积雪之下匍匐生长。可食用的金钱菇十分抗冻，圣诞蔷薇也不惧风霜。

完整的雪被可以帮助植物少受损伤，挨过冬天。这一点对于那些冬季播种、秋天收获的作物尤为重要。决定雪被是否能够达到防护效果的不只是它的厚度，还有积雪的密度。厚 30 厘米、中等密度的雪被，可以在外界气温最低达到零下 25 摄氏度的情况下，保证地表温度维持在零下 2 摄氏度或以上。以前的农民常说："雪是穷人的肥料。"如果冬天不下雪，或是冰块融化后又在作物根部结了霜，那才是危险的事情。其实，无雪的地面更容易结冰。

在寒冷的环境中，动物不仅行动变慢，消化过程也会变慢。所以，这时候它们总是很难从食物中获得能量。无脊椎动物有被饥肠辘辘的鸟儿啄食的危险，一旦气温降到

0 摄氏度以下，如果它们没能及时躲到地下或落叶堆里，就会有生命危险。有一种树皮甲能分泌一种抗冻物质，使得它在零下 54 摄氏度的环境下也不会冻僵。即便气温超过这一界限，它也还能存活一段时间，因为结冰只发生在细胞之外，而非细胞内部。北极鱼的体内也存在一种帮助它们存活下去的抗冻蛋白质。一些昆虫会及时清空肠胃，这样可以尽可能减少身体的含水量，以防被冻僵。

许多人认为熊会在冬天长眠不起，但现在人们知道，它们只是进入了一种半睡半醒的状态。科学家们一直在监测它们的身体功能，持续分析其血液的特定成分构成，并记录下了它们最为细微的身体活动。熊是被人类研究得最为透彻的生物之一。它们在半睡半醒的状态中保持着必要的生命体征：与其他冬眠动物不一样的是，它们的心跳速度会变缓，但体温却会维持在较高的水平。它们在冬天靠消耗秋天囤积的脂肪为生，既不摄入饮食，也不大小便。但它们会中途醒来，甚至会走出自己的洞穴。它们冬休的时间取决于所生活的区域：在阿拉斯加北部，熊一年可沉睡长达七个月；而在较为温暖的海岸地区，它们只需要睡上两到五个月的时间。与其他丝毫不受外界活动干扰的冬眠动物——在有噪音或被抚摸时，它们也通常不会醒——不同，这些处于迟钝和饥饿状态的动物很容易苏醒。无论如何，这段休整期需要动物做出许多牺牲，但它们通常都能熬过这一艰辛的过程。

高纬度地区的动物在进化的过程中，学会了许多应对寒冷季节的方法。成群结队的宽脚掌的驯鹿会在冬天不辞辛劳地从冰原驰骋几百千米甚至上千千米，来到丛林沼泽过冬。麝牛则无须忍受长途奔波之苦，因为它们可以用尖蹄掘开较薄的积雪觅食。由于没有树木遮挡，它们的身体会一直暴露在严寒中，所以只能依偎在一起取暖，并把牛犊护在中间。有些动物会改变自身的颜色，或是换上一层更厚的皮毛。马鹿会长出一身深棕色的厚长绒毛，狍子不仅会披上又厚又长的棕灰色冬装，下腹部还会出现雪色白斑。北极狐和雪兔靠白色皮毛在雪地里藏身，这也可以归为长期进化的结果。伶鼬在冬天会变得通体雪白，只剩尾尖留一抹黑色。它们修长的身型本不利于保暖御寒，却可以帮助它们在低温中捕食啮齿目动物。田鼠和旅鼠可以用锋利的爪子在积雪之下挖出行进的道路，积雪的保温效果也能让它们生活得更舒适。它们还会在田间地头准备足够的食物。不同的动物过冬的方式五花八门。田鼠会在初冬"减肥"，只摄入有限的食物，但它们皮毛极厚，可以轻松御寒。另一些生物则以囤积脂肪的方式储备热量和能量，土拨鼠、獾、仓鼠和松鸡就是采用这一策略的高手。土拨鼠会成群地聚在一个由泥土、粪便和青草堆成的睡坑里冬眠，时间可长达半年之久，数量可达到二十只。它们呼吸微弱，心跳缓慢，体温可以下降到 2.6 摄氏度。它们睡得可好？在冬天的这段苦修中，虽然身体的能量消耗只有清醒状态下的 6%，但它们仍会减去三分之一的体重。如果冬天特别寒冷，许多土拨鼠都会因此丧命。雪可以让许多动植物生活下去。雪里的温度最多可比外界高 20 摄氏度。雷鸟会在雪地里打洞取暖，能量消耗只有室外的三分之一。它们只需偶尔走出洞穴，寻找花蕾、树枝和针叶作为食物。秋天，它们会吞进砾石，使其与一种特殊的菌群相互作用，到了冬天，这就能帮助它们处理这些难以消化的食物。脚掌和脚趾上的羽毛可以帮助它们在雪地里轻松行走。猫头鹰擅长在不利条件下捕猎，甚至有发现积雪之下的猎物的不俗本领。蝙蝠会钻进洞穴、岩缝和屋顶的阁楼里，仅维持最基本的机体活动：它们的体温下降，心跳变慢，呼吸大幅减弱，新陈代谢也会维持在最低水平。目前，人们还不清楚触发动物冬眠的原因，何况不同动物的冬眠机理也不尽相同。某些血液成分、食物缺乏、气温下降和生物钟都可能让动物进入冬眠。

有些生物虽注定与冰雪为伍，却依然难免被冰雪所伤：生活在南极、身体呈淡灰色的韦德尔氏海豹冬季大部分时间会待在冰下。虽然有着卓越的潜水能力，可以在水底停留长达一个小时之久，但它们还是要用尖利的牙齿在深达两米的冰层中凿出管状的呼吸通道。由于双眼在黑暗的冰层中看不到任何东西，它们只得靠触须感知细微的水流，借此判断方向。反复凿咬冰层会磨损它们的牙齿，大约十年后就无法使用了。如果凿不开冰层，它们就会因此死亡。

帝企鹅主要生活在冰天雪地的南极洲。遍布全身的长羽毛形成了一道水泼不入、风吹不进的屏障，可以帮助它们抵御极寒，就连落在上面的雪花都不会融化。借助这种方式，它们可以最大限度地减少身体的热量损失。令人惊讶的是，企鹅竟然是在冬天产蛋（每胎只有一个），然后雄帝企鹅会把蛋放在双足之间并用腹部的皱皮盖住，以此孵化小企鹅。当暴风雪来临时，许多只企鹅会紧紧靠在一起，数量可高达六千只。这是一种动态的取暖方式：外侧的企鹅不断向内侧靠拢，空出的位置由身旁的企鹅顶上。这样，所有的企鹅都只需在严寒中暴露一小会儿。

蜜蜂也有着类似的生存策略。每年十一月至次年二月，它们会聚成球状的蜂团，将蜂后围在中间。它们抖动身上细微的肌肉，以此生热取暖。处在较暖处的蜜蜂，会定期和外层的蜜蜂交换位置。蜂团内部的温度可以达到约10 摄氏度。它们靠食用夏季收集的花蜜过活，或享用养蜂人为它们准备的替代饲料。当外界气温高于 10 摄氏度时，它们会暂时离开蜂房，外出排便，以免将蜂房弄脏。当蜂群“外出方便”时，人们最好不要把衣物放到室外晾晒。

当然，如果冬天过于寒冷，这对蜂群来说就是真正的挑战了。一些蜂种具有出色的辨别方向的能力，这能助它们随季节迁徙。以冰蚤为代表的昆虫体内含有某种抗冻物质，可以助它们度过寒冷，其他的昆虫则不需要，它们会选择慷慨赴死。要是走运的话，它们或许可以像传说中的冬蝇那样一直待在室内。冬蝇是幸运的象征。它们不会被人追杀，因为人们认为伤害它们是一项大忌。有时候，幸存的冬蝇甚至能趁机繁衍壮大。

即便是最阴郁的时刻，
它们也在冬日里飞舞，
有时趴在炉子边小憩，
或是对锅盆虎视眈眈，
抑或从饭碗边缘掠过，
再欢快地坐在挂历上，
边读边数；它为自己的发现
感到欣喜，在一旁暗自偷笑。

——约翰尼斯·特洛伊

为防止体液凝固，黄翅蝶会分泌甘油：它最低可以承受零下 20 摄氏度的温度。北美树蛙的过冬方式最为令人着迷：就算三分之二的身体部位都在严寒中被冻成了冰块，心跳、血流和呼吸也完全停止，它们却并不会死亡。因为它们的身体会用葡萄糖和尿素合成一种抗冻物质，以免被完全冻僵。有时，当它们蜷缩在一片薄薄的树叶下，血糖水平可达到平时的 250 倍。当温度回到 0 摄氏度以上时，它们的心脏和肺又会像什么都没发生过那样恢复工作。许多水生动物会潜入水底躲避霜冻。它们必须躲到至少 1 米深的水下，因为在极寒时，冰层可厚达 80 厘米。冬天是鲑鱼产卵的季节。它们会来到淡水江河上游，在平滑的砾石河底掠过，靠挤压促进排卵。在其他时候，它们生活在深水区。有些动物即便全身冻僵也能存活。蚂蟥可以在冻僵状态下坚持长达 48 小时，甲虫也可以坚持 6 个小时。鸭子、天鹅等水生鸟类通常不会冒险从浮冰上游过，因为一旦温度降到 0 摄氏度以下，它们的蹼就会被冻住，无法从冰上出来。尽管如此，它们有时仍会遇险，需要出动消防救援。

到了冬天，只有少数鸟类还会出现在人们的视野中，乌鸦在空中发出沙哑的叫声，可能也会看到鸽子的身影，但由于天气太冷，它们也不再在天上飞翔了。鸟儿们会竖起羽毛，这样可以起到御寒的作用。一些水禽不会“挪窝”，另一些则会加入南飞的队伍，比如与苍头燕雀十分相似的山雀，但它们飞往南方只是为了更好地觅食，而不是像许多人以为的那样是为了逃避寒冷。体重不到 10 克的鹪鹩是真正的生命奇迹：在十分寒冷的情况下，它们的体温仍能维持在 38 摄氏度左右。到了晚上，它们会钻回温暖的地穴睡觉。虽然平时独来独往，但为了御寒，20 只鹪鹩也可以挤在一起，保持脑袋朝里、尾巴朝外的姿势。它们被称为“雪中国王”，这真是实至名归，因为它们在冬天依然能放声歌唱。《博物漫游小手册》（*Kleinen naturkundlichen Wanderbuch*）一书曾这样描述它们：

> 当碎雪在脚底和车底窸窣作响，除必须出门的人外，所有人都躲在屋里避寒。可鹪鹩却毫不畏惧！只见它跃上枝头，放声高唱，似乎是在向冬天挑衅：你不能把我怎么样！它先像金丝雀那样高歌一段，又低吟一阵，再以一段急促的歌声收尾。谁若仔细聆听，就能明白这三段歌词的含义：“真是冷啊！不怕。嘿嘿嘿！”简直可以听出它从抱怨到放声大笑的过程。

在极地生活的鸟类的体温可与外界相差 80 摄氏度。我们已经知道不同动物的抗冻本领不同，但即便是同类动物之间也有差异。例如，不同养殖地区的鸡对低温的敏感度也不同。它们最早出现在东南亚地区，随着越来越多的人饲养，它们也开始适应寒冷地带的气候。它们的体温介于 38 摄氏度至 44 摄氏度之间，这为其提供了不小的帮助。

20 世纪 60 年代的一些科学研究表明，特定种类的鸡可承受零下 50 摄氏度的低温，且它们的体温不会像想象中那样剧烈下降，但这一结论尚存争议。与之相反，翠鸟无法适应寒冷的地方，因为它们靠啄食水生昆虫和鱼类为生，而这些生物在冬天十分罕见，有的会被冻进冰块里，无法供翠鸟食用。尽管如此，西欧和中欧的翠鸟还是常年“不挪窝”，只有东欧和俄罗斯的翠鸟会飞到更温暖的地方过冬。翠鸟在德语中又叫“冰鸟”，或许是因为它们那蓝色的羽毛让人联想到了冰川。人类仿照雷鸟在冬天竖起羽毛御寒的方法制成了理想的冬装，可抵御零下 20 摄氏度的低温。衣服的衬里用鸭绒填充后再充入空气，就是最好的保暖材料。

贝恩德·海因里希的《冬日的世界》(*Winter World*)一书提到了许多令人惊奇的生物，生活在北美洲北部的白靴兔就是其中之一。到了冬天，它们的毛发会从褐色变成白色——但并非所有地区的白靴兔都是如此——它们的生存策略与雪的特质紧密相关。由于有着和身体看似不相称的巨爪，它们可以轻松自如地在蓬松的雪面上活动，从而食用乔木和灌木的嫩枝。但正如海因里希所说的那样，这种在雪上自由穿梭的本领有利有弊，因为它们也成了狐狸、猞猁、鼬鼠、猫头鹰、苍鹰和猎鹰等动物的猎物。不过，它们的幼崽在很小的时候就能出窝行动，且繁衍较快，所以其数量一直很稳定。

以上这些例子说明了动植物的生活在冬天发生的变化，但我们还应看到，过去几十年间，其他方面也发生了一些巨大的变化。北纬地区的升温幅度远超全球平均水平。现在，恐怕没有人再觉得这与二氧化碳及其他气体的工业排放无关了。气候变得越来越难以捉摸：原本极少下雪的地区会突然在出人意料的时间下暴雪。从全球范围来看，雪季有所缩短，因为气温升高，降雨量也有所增加。积雪提前融化的现象最早可追溯到 20 世纪 20 年代，但是在 20 世纪 70 年代之后才进一步加速。现在，北部地区积雪覆盖的时间平均减少了三至四周。我们可以用所谓的冰雪反照率反馈机制来解释，这涉及全球热量平衡原理：积雪可以让阳光进行漫反射，如果积雪变少，地表就会吸收更多的日照，从而导致地球表面及其上方空气的温度上升几度。在北冰洋地区，越来越多的夏冰开始融化，这也导致气候变化进一步加速。讽刺的是，就在不到五十年前，气候研究者还认为一个新的冰期即将到来。他们认真地提出了两项建议：一是给地球两极覆上深色塑料膜，以减少阳光的反射；二是有意识地增加二氧化碳排放，以增强温室效应。

气温上升和频繁的冷热交替对动植物产生了深远的影响。许多地区的植物分布出现了变化。赤杨、柳树和圆叶桦的分布逐渐向北极靠拢，这就减弱了反照率效应，因为较高的树木会阻碍光线的反射，这又会引起另一些植物、动物和病原体的迁移。一项科学研究——数据收集自欧洲和美国——表明，桦树的分布线平均每十年向前推进 17 千米，垂直方向的高度则平均提升了 10 米。以适应力强著称的赤狐开始越来越多地出现在北方，这使得它们与同样以捕食啮齿动物为生的北极狐产生了竞争关系，它们甚至会捕杀后者的幼崽。在斯堪的纳维亚半岛的某些区域，北极狐濒临灭绝。如果随着冰川的融化，原本和大陆相连的北极地区成为孤岛，北极狐或许可以摆脱这一威胁。有些动物更适应温暖的气候，另一些适应起来则较为困难。如果积雪变少，相应地区的保温性就会变弱。冬眠的动物会更容易被吵醒，另一些动物则更容易被狩猎者发现。对于那些靠积雪抵御严寒的植物来说，这也不利于它们生存。气候变暖使得人们可以在寒冷的地区种植经济作物，所以格陵兰人重新开始养羊，阿尔卑斯山谷也种上了黑麦。在阿尔卑斯山，粒雪未见无疑不是一件好事。但积雪究竟在什么时候融化最合适，也因区域和所种植的作物而异。如果经常化冻，出现暴风雪的可能性就会增大。当雨落在冰层之上，冰层的结构就会改变：它会变得又厚又坚固，这将加大田鼠和旅鼠活动的难度。驯鹿和麝牛吃不到冰层下的植物，雷鸟也无法畅通无阻地回到自己的窝。

研究者发现，冬天气候的剧烈变化还会影响冷血动物和昆虫的繁殖节奏。

但并不是所有的消息都指向冬天气候变暖这一结论。世界各地的冬日气候是复杂的，甚至是自相矛盾的。虽然中欧的确有冬季变暖的趋势，但其他一些地方却总能出现反常气候。2008 年底，阿富汗迎来了有史以来最冷的冬天；中亚的塔克拉玛干沙漠首次全境下雪，积雪深度达到了 4 厘米；中国中部和南部迎来了五百年一遇的暴风雪；降雪和低温天气在北京和首尔出现的频繁程度也创下了几十年之最；2010 年 12 月，伦敦迎来了百年来最冷的冬季，这也是有纪录以来最冷的冬天之一；近些年，圣彼得堡每年 12 月的降雪量都在不断刷新 1881 年以来的纪录；2015 年被称为有史以来最热的一年，可澳大利亚东海岸却迎来了几十年不遇的强降雪天气，原本很少见的白雪造成了电力中断，使得许多道路一度无法通行，人们甚至看到袋鼠在白雪皑皑的葡萄种植园里上蹿下跳。

近几年来，美国东北部一直饱受暴风雪和严寒的困扰，冷空气的侵袭总是来得格外早，让冬天变得异常寒冷。交通经常陷入瘫痪，数以千计的航班因暴雪被取消。尼亚加拉瀑布都被冻住了，展现给世人的是一幅震撼的冰雪景观。在北美大陆的另一端，气候变化也并未停歇：加利福尼亚州迎来了有史以来最热的冬天；内华达山脉的积雪深度创下了近五百年来的最低纪录，种种迹象表明，这一现象仍将持续。而在2013年12月至2014年2月，美国中西部地区迎来的冬天是1895年以来最为寒冷的冬天之一：威斯康星州、密歇根州、明尼苏达州、爱荷华州、印第安纳州、伊利诺伊州和密苏里州的平均气温都位列各州最低气温的前十名，芝加哥州更是迎来了最冷的冬季。此外，还有十七个联邦州的气温低于平均水平。

冬天的气候变化不只和日照强度减弱有关，还和高空的空气流动有一定关系。在专家谈论“北极风暴”的时候，欧洲上方的亚热带暖流迟迟不散。大家一致猜测，北半球的一系列极端天气——比如加利福尼亚州的长期干旱——可能与此有关，当然，这些极端天气或许还和喷射气流存在一定关联：它将暖空气带往北方，将冷空气送向南方；众所周知，这使美国到欧洲的去程跨洋飞行比返程更快，还使低气压控制了大片区域的天气状况，从而让冬天受到了“排挤”。但到目前为止，还没有令人信服的深入研究。

特别的过冬之地

冬天的花园似乎是一个十分安静的去处。少有的动静，都发生在地表之下。大部分乔木和灌木的叶子已经落下，这样的花园怎么都算不上美。美国女作家戴安娜·阿克曼将落光叶子的树比作光秃秃的骨架，但这并不妨碍她享受园景。她以独特的视角，走进了灌木丛的冬日世界：

“紫绿相间的玫瑰藤优雅地沿着篱笆垂下，深橙和淡红的野蔷薇星星点点地装饰着整片苗圃。野生的覆盆子有着最美丽动人的茎秆，白色的光泽覆在洋李色的树枝外，使其隐约泛起红光。冬天，覆盆子没有被黑莓遮挡，所以更容易被认出。滑雪经过的时候，我刻意记下它的位置，好在夏天回来寻找美味的果实。”

有些人把辨认没有叶子的树当作一项运动，试图以这种方式“读懂”森林。能为他们提供线索的有树枝结构，树上仅剩的果实，树皮的颜色、纹路以及花蕾。叶落后留下的典型疤痕和维管束，也能为他们提供重要的线索。

树叶早已落光，空气中弥漫着一股腐烂的味道。原本还在使劲生长的旱金莲，在第一场霜冻过后就只剩下了一团烂泥。园丁从深秋就开始考虑该给哪些盆栽套上塑料膜，该把哪些植物放在温暖的地方过冬，以及该新种植哪些植物。覆盆子是一个不错的选择，但前提是地面没有结冰。人们必须攒够几手推车的落叶，它们中的一部分会被当成地膜，一部分则被当成肥料。地里往往还有一些大蒜芥需要收割，它们已散发出刺鼻的味道。作为绿甘蓝的一个亚种，卷心菜只有在气温较低的情况下甜度才会上升。至于雄性小尺蛾，则会试图在冬眠之前与不会飞的母蛾交配。从二月起，它们产下的绿色幼虫就会从虫卵里爬出，啃食花蕾和树叶。为了预防虫害，人们会在树上缠上涂胶纸带，阻止母蛾爬上树冠与公蛾相会。如果地面没有结冰，十二月也还可以种植玫瑰。令人惊奇的是，在凛冽的寒风中，甚至还会有白玫瑰盛开。这个季节是大葱、抱子甘蓝和绿甘蓝收获的季节。如果长时间不下雨，人们还要给山茶和桂樱等常绿植物浇水。到了这个季节，熊葱和其他冬季作物也该播种了。为了预防真菌和害虫的侵害，人们会在树干上刷上反光的白石灰漆，这也能在一定程度上减少霜冻的产生。

如果花园里没有灌木丛、小径、精心摆放的石块以及围墙，只有光秃秃的草地和空旷的苗圃，那这只会给人带来悲伤。树叶堆成为刺猬的栖身之处，木料堆则是甲虫和蜜蜂理想的生活场地。当其他植物陆续凋零时，黄杨球和金钟柏却长势喜人。有些喜爱冬日景观的人会特意不去修剪植物，因为他们觉得这些奇特的造型十分讨人喜爱。这样也方便昆虫们在枯死的树枝上找到住所。当日本小檗修长的果实从枝条上垂下，你会看到鸟儿们偶尔啄食一粒种子，或是寻觅到一些山荆子和浆果。大部分园丁会将冬天的植物修剪得适宜得当。他们知道，有些亚灌木和两年生植物在盛夏开花，却会在冬天都保持原来的形状。逐渐发棕的绣球花整个冬天都会留在枝头，红景天也依然风采不减。野生的起绒草仍然捧着带刺的绣球，银绿色的象牙蓟依然枝繁叶茂。巨大的前胡虽然早已枯萎，却依然吸引着人们的眼球。同样引人注目的还有有着修长花簇的茴藿香、蓝刺头和马鞭草。泽兰那坚挺的荆条上长着毛毛的花球，它的种子可以随风飞出两米远。花园低处则是草本植物的天下：柳枝稷的圆锥花序和芒草的叶子上堆满了丝绒状的草籽。十二月，金银花散发出迷人的芬芳。几周后，有着红色或黄色花朵的金缕梅则会取而代之。偶尔有人慕名而来，就到园子里投喂小松鼠和小鸟。一些园林之友甚至用灯光做起了实验。从家中望去，花园就像一幅立体画。

在冬天严峻的气候条件面前，搭建温室不失为一个替代选项。温室里可以发生许多故事。在玻璃温室效应的作用下，光是阳光带来的室温提升，就足以使一些植物顺利过冬。当然，前提是温室必须朝南而建。

温室和玻璃房的前身是甜橙温室。在温暖的月份，人们把橙树和柠檬树的幼苗种在水桶里，并放在暖房里培育，到了冬天，再用木板箱把它们保护起来。这样的暖房始建于荷兰莱顿市的植物园，在英国亦曾出现。弗朗西斯·卡罗爵士在萨里郡种下的橙树，从 1562 年活到了 1740 年寒冬，即存活了 178 年，令人震惊。普法尔茨选侯弗里德里希五世在 1613 年将海德堡一片 100 米长的梯田改建成暖房，并给它装上了拱顶。靠着整个冬天持续燃烧的炉火，他几乎将热带气候带入了暖房。在玻璃实现工业化生产之后，建造玻璃房也不再有任何困难。19 世纪下半叶，它取代暖房，成了植物园的标配。

从前，在斯堪的纳维亚半岛，人们会采用特殊的策略应对冬季光照的短缺。他们给房间装上白色的天花板和灰色的护壁镶板，使稀缺的阳光尽可能射入房中。他们还会安装水晶吊灯，因为这种灯能起到散射光线的作用。

将冬季元素用于室内装饰一直是一种潮流。它的流行范围很广，绝不仅限于北半球的高纬度地区。冷杉树、灯光彩带和雪花彩带都可用于装饰；人们会将杉树和松树的球果擦拭干净或涂成白色，然后放进大号玻璃瓶里并放置在棉花上；窗帘上印着巨大的雪花；家具被漆成白色，再搭配上白色的皮沙发；白蜡烛也可以摆出各种各样的造型。人们对装饰的想象天马行空，没有束缚，唯一的限制，或许就是整体应该呈白色。理想情况下，从被涂上冬妆的窗户朝外望去，要能欣赏到有漂亮积雪的花园。

1739 年的冬季是小冰期最冷的冬天之一。就在这一年，俄国沙皇安娜·伊凡诺芙娜下达了用涅瓦河的冻冰建造一座宫殿的命令。最初，她启动这项工程的目的是将臣仆的注意力从寒冷的气候和一系列处决事件中转移开来。后来，这个地方却成了一场值得纪念的婚礼的举办地。当时，她的一个儿子改信天主教，这让安娜震怒不已。她强迫这位王子与一个丑陋的女佣结婚，并安排他们在这座冰宫的冰床上度过新婚之夜。那里的所有用具——包括床垫、床罩、枕头和睡帽等——都由冰雪制成。这对新婚夫妇被装进大象驮着的笼子里，由一大群骑士押送到了此地。这些骑士有的骑骆驼，有的骑马，有的则驾驶由狼和猪拉的雪橇。这个与奇幻故事联系在一起的宫殿，就这样开创了一种建筑传统，并在百年之后迎来了高潮：许多北美城市（如明尼苏达州的圣保罗）在狂欢节时都会搭起这种冰建筑，上面甚至还有塔楼、穹顶和门拱，其规模远胜当年俄国的冰宫殿。

拥抱寒冷

印度最古老的文献材料《吠陀经》中有对极昼和极夜的记载，这说明早在五千年前，航海者就曾到达过极地并安全返回。公元前 330 年至公元前 325 年，来自马赛的希腊天文学家皮提亚斯曾在旅行中到达过地球的最北端——那个被他称为“天涯海角”的地方。他对这番经历的描述，可以偶尔在其他古代作家的著作中看到。对海洋结冰、夜晚极为短暂等细节的描述，也证明他的确到过比常居之地远得多的地方。有一些作家的观点听上去很疯狂，他们把北极视作世界的对立面：“这是一个受到自然诅咒的世界。它被包裹在黑暗之中，除了寒冷别无他物。这里是北风的栖息地……是世界的尽头，是星轨的边缘。”古罗马百科全书式的作家老普林尼曾这样描述北极。对从古典时代到中世纪这一时期的民众来说，北极就是世界的尽头，是海水流向地狱的入口。在但丁的《神曲》中，迷雾之下的冰穴是地狱中最为可怕的深渊。被诅咒的魔鬼从天堂坠落，成为地狱的掌管者，虽然它自己也被封禁在一片冰湖里，却可以抖动蝙蝠翼，引发严寒和狂风。但丁认为地狱位于地球内部，并且借用了一些关于北极的传言，他认为，与奥地利境内的多瑙河和俄罗斯顿河的薄冰相比，那儿的冰层如此之厚，简直是用玻璃做成的。就连困在其中的阿尔伯利格修士流出的眼泪也是锋利的玻璃。

生活于 16 世纪的瑞典天主教神父奥劳斯·马格努斯（原名奥洛夫·莫松）对北极的理解，多少也受到当时一些异端邪说的影响——北极被形容成一个有着巨大旋涡的深渊，会将过往的船只都吞入其中——但他还是率先用今人勉强能读懂的语言介绍了时人未知的北欧世界。年轻时，他曾有机会游历瑞典和挪威的边远地区，积累了独特的民俗学知识，这一切都被他记录在了《北欧民俗志》（*Historia de gentibus septentrionalibus*）一书中。该书 1555 年在罗马问世，配有木版画插图，出版后被翻译成了多种语言。它将奇闻逸事和幻想故事相结合，受到了许多读者的欢迎。此书写于奥劳斯·马格努斯被流放至罗马时，而在他的故乡，却找不到人来翻译这本书。他写这本书的时候，正值宗教改革战争时期，各地生灵涂炭。南北之间的交通受到极大的限制，这也增加了人们对“邪恶北方”的厌恶之情（因为那儿是路德派新教的大本营）。

在《冬季》一文中，马格努斯列举了一长串严寒带来的影响：

> 寒风吹得狼群睁不开眼，浑身毛发都被冻硬了。
>
> 野兽为了填饱肚子，只能跑进人类的房子里。
>
> 北极的狼群被冻掉了眼睛。
>
> 饥饿改变了它们的习性，使它们不仅攻击其他动物，还相互蚕食。它们常常成堆地聚在一起，将那些犯众怒的同伴大口吃下。
>
> 严寒之下，所有动物的皮毛都变得更厚、更美观。
>
> 鱼在坚硬的寒冰中窒息而死。
>
> 不用腌制，就可以保存五到六个月。
>
> 在这样的天气下，一些动物食欲大增。
>
> 公鸡的鸡冠、喙和爪子都成了白色。
>
> 狐狸、兔子和伶鼬也改变了皮毛的颜色。
>
> 铁制、陶制、玻璃餐具被冻出了裂痕。
>
> 斧头、刨刀和长矛也被冻裂。
>
> 各种各样的冰上活动生动有趣。
>
> 天寒地冻，旅人和猎人都无路可走，
>
> 即使马上和腿上都缚着最好的作战装备。

在如此寒冷的环境下，细弱的嫩苗很容易折断，发出清脆的响声。

衣物如果没有拧干就挂到铁丝上，很快就会结冰。

同样，嘴唇、手指和鼻子如果不小心碰到铁具，也会被冻得发紫。

在原野上骑马的人，必须时常朝马嘴呼气才能使它不被冻住。

但种子却依然能在土壤里发芽。

某些苹果树和梨树可以预示冬至的到来。

冰面上有旅馆和市场，冲突也在雪地里解决。

外来的骡马，很快就因受不了严寒死去。

战俘和因为其他原因来到这里的人们，也活不了太久。

钉子受不了寒冷，从墙上、门上和锁眼里蹦了出来。

田间的石块、陶器和玻璃器皿都已被冻裂。

上过油的鞋子和靴子硬得像牛角。

时不时就会有人咳嗽、流鼻涕或出现其他不适症状，病情往往会不断加重。

奥劳斯·马格努斯的话究竟有多少夸张的成分——这一点从马的那个例子中便可知一二——或者说有哪些不同寻常的现象的确在小冰期出现过，我们尚不得而知。他还在书中描写了许多和冰雪有关的事物：年轻人建造的冰雪城堡和碉堡，雪上赛马活动，建造在冰面上的旅馆，用于加工冰块的工具，躲藏在雪下的鸟儿，各式各样的雪，等等。他甚至还描绘了不同雪晶的形状。除此之外，书中还提到了滑冰以及被青少年视为考验勇气的体育活动——打雪仗。打雪仗时，一方要用雪球和赤裸的双手保卫自己建造的雪上堡垒，另一方则要试图将它攻占（也可使用雪球和双手）。那些在雪球中藏小木块、石子和冰块的人，会被剥光衣服，不容分说地扔进冰水里。雪花的精美，当然无法靠木版画完美地表现出来。但马格努斯在书中把雪花“雕”成了各种可能的形状，让箭矢、铃铛、弯月乃至人的身体部位像雪花一样（或是代替雪花？）从空

奥劳斯·马格努斯书中造型奇特的雪花

中落下。

在马格努斯的丰富记录中，我们可以看到北极绝非只有可怕的严寒。这本书展现了北极美丽、富饶的一面，至今仍魅力不减。后来的到访者在游记中提到的话题，其实早已被他写进了书里。

就在这本书出版几十年后，尼德兰人决定向北冰洋进发。他们这样做并不是为了探索陌生的世界，而是出于利益考虑。此前，尼德兰密切参与了西班牙的殖民贸易。对于要驶往汉萨同盟①各城市、英格兰、苏格兰、巴尔干地区和俄国的货船来说，尼德兰的多个港口都是重要的中转枢纽。但在西班牙 1577 年宣告破产之后，尼德兰人开始全面反思此前的策略，决心建立自己的远洋商贸体系。据传北极有一片没有结冰、可供船只通行的海洋，当时有不少人相信这一点，就连法国传奇博物学家乔治－路易·勒克莱尔·布封都认为，冰层只在靠近陆地的区域集聚。这促使一些海员寄希望于找到一条从欧洲通往中国和印度的海上捷径。1594 年，两艘探险船在威廉·巴伦支的率领下从荷兰北部出发，踏上了探索东北航线的旅程，试图途经北极前往中国。七月中旬，他们的船只到达了新地岛，巴伦支将其命名为“冰角”。一直航行到了亚马尔半岛，他

① 德国北部城市之间形成的商业、政治联盟，1669 年解体。

们才启程返航。1595 年，另一支由七艘船组成的船队继续远征。这支船队的目标不只是到达中国，还想抵达日本海岸和美国西北部。这支探险队发现了尤戈尔斯基沙尔海峡全部结冰的现象，却带回信息说这一切只在极为寒冷的冬天发生。第二年，阿姆斯特丹的富商又资助两艘船寻找东北航道。巴伦支被任命为这支船队的总指挥。船队沿熊岛和斯匹次卑尔根群岛一路北上，来到新地岛附近。但在八月底，冰块将这支船队阻隔在了半岛的东海岸，他们不得不在那儿过冬。九月，船员们开始建造小屋，但雪经常将小屋完全掩埋，他们只能闭门不出。室内十分寒冷，衣物和被褥上都覆着一指厚的冰，就连波尔多红酒都被冻住了。人们将烘热的石块贴在身上取暖，有个人鼓起勇气外出，回来时整个人都被冻僵了。格利特·德·维尔这样写道：

> 第一个圣诞节让人如此闷闷不乐。我们听见狐狸在小屋周围叫唤，恨不得去抓上几只，以填补巨大的物资空缺。当时，似乎连火都不再像往常一样散发热气，至少它没有把热量传递到周围的物体上。因为只有长筒袜被烤焦了，脚上才能感觉到一丝暖意，而且要不是闻到焦味，人们根本察觉不到袜子被烤焦了。

天气直到一月才逐渐好转，但即便是到了三月，海岸也依然被冰山包围着。到了五月，他们才考虑重新动身。其间，他们遭到过北极熊的包围和攻击，费了九牛二虎之力，才收拾好行李放进两艘小船仓皇而逃。时不时地，他们还要在冰面上拖动船只前进。巴伦支在出发六天后撒手人寰，还有两名船员也追随他而去。剩下的人幸运地与一艘商船相遇，并被船东带回。在经历了这次失败之后，荷兰人不得不绕道好望角，接受了这条更耗费时间的路线。直到大约 1878 年，也就是近三百年之后，阿道夫·埃里克·诺登舍尔德才率队成功穿越东北航线，并在路途上顺利度过了冬天。

17 世纪至 18 世纪，许多英国、荷兰、德国水手聚集到斯匹次卑尔根群岛附近，开始参与捕鲸这项活动。这项活动十分危险，许多船只都未能顺利返航，这也进一步加深了人们对这一区域的负面印象。

皇家地理学会主席劳伦斯·柯万在《极地探险史》(*A History of Polar Exploration*) 中这样介绍挪威极地研究者弗里乔夫·南森：南森只有在北极才能“摆脱喧闹的文明世界带给他的忧郁、绝望和恐惧”。在 1888 年出版的《穿着雪鞋穿越格陵兰》(*Auf Schneeschuhen durch Grönland*) 中，南森先是称赞“这个多变的梦幻世界有着向四面八方发散的狂野形态。它不断生长和变化，像彩虹一般丰富多样”，但他又很快更正说：

“但这绝不是冰雪世界的模样。它枯燥单调，却能对情绪造成特殊的影响。往小了说，是因为它有着无穷的变化，有着蓝绿相间的明暗色彩，但总体来看，让它对情绪产生影响的正是这种简单的对立。漂浮的冰层像一个无限延展的巨大的白色平面，将空气和云彩都映得雪白；蔚蓝的海洋在冰雪的映衬下甚至显出黑褐色。还有那一望无垠的天空，它在晴天白蓝相间，在阴天乌云密布、雾气氤氲，在朝阳和夕阳中霞光四射，在夜晚宛如梦境。”

1916 年，船长弗朗克·沃斯利陪极地研究者欧内斯特·沙克尔顿踏上了跨南极皇家探险之旅。他观察到了具有超现实主义色彩的一幕。在他们的“持久号”沉没后，他在一艘小救生艇上看到了一派栩栩如生的冰川幻景：

> 古怪的天鹅似乎想扒上我们的甲板，一只长颈鹿驾驶着贡多拉朝我们冲来。鸭子们舒服地躺在鳄鱼背上……所有这些幻象都随着冰雪那有规律的沙沙声和海面上传来的空洞回音起起伏伏。

最终，沃斯利得救了。

虽然北极以凝练的方式呈现着冬天的美妙，但如果将它和南方的生活进行类比，你可能会陷入迷茫。比如，在北极圈中，并非一切活动都会在冬天陷入停滞。在坚硬的冰面上乘坐雪橇从一地赶往另一地的难度很小；而到了夏天，冻土开始融化形成泥浆，反倒不易通过。

1941 年，贡特朗·德·蓬森写作的关于加拿大高纬度地区生活的手记《卡布罗纳》(*Kabloona*①) 出版。这本书带有陈旧的民俗学观点，把因纽特人视作“石器时代的人类”，并对他们的生活进行了研究。与此同时，这本书也可被视为一个遁入他境的记录。它为读者呈现了许多日常生活的细节：掌握生火和铲煤的技巧是多么重要；喝茶不仅是为了享受，也是为了帮助身体抵御不利的天气状况。

对德·蓬森（他是蒙田的亲戚）而言，北极的冬天仿佛时刻紧紧包围着他，让他产生了一种落入陷阱的感觉，这让他气愤不已。当他穿着三层衣服来到室外，雪花就会“像一群乞丐一样”在他周围盘旋，这让他想到了“故乡的树叶”。只不过，这儿的风冷酷无情得多。这一刻，他终于体会到了“北纬 70 度的秋天”带来的感受。可他却这样写道：“但最难熬的不是严酷的天气，也不是刺骨的寒冷和身体的痛苦。严寒固然是一个问题，但更令人难以接受的还是因纽特人的天性。”当然，正是极端的生活条件塑造了这种特殊的天性。他学到了“满足与天气无关”，而更多的是一种“精神倾向”，这一点在生性乐观、笑口

①*Kabloona* 为专有名词，指加拿大非因纽特人血统的人，尤指白人。

常开的因纽特人身上有着很好的体现。

许多文献都有对北极探险的描述，但在今天的人看来，这种行为其实很难理解，因为去探险的人不仅要冒着挨冻的风险，还可能付出生命的代价。许多因北极传说而慕名前往的人最后都丢掉了性命。

阿尔弗雷德·安德施在《高纬地区》（*Hohe Breitengrade*）中记述了他随“哈维拉号”快艇前往斯匹次卑尔根群岛的所见所闻。尽管作者在后记中一再谦虚地否认，我们却不得不说，这篇游记的确文笔优美。安德施不仅细致入微地记录下了自己的观察结果，还补充了前人的叙述。例如，他曾这样写道：“弗里乔夫·南森和哈尔曼·约翰森这两位巨人仍在沿着冰面南下。我在塔费尔岛和菲利普岛之间看到了他们。在苍茫的天际间，他们只是两个不起眼的小黑点。他们朝着弗朗兹约瑟夫冰川的方向前进，我知道他们将在这里‘冬眠’，直至下一个春天再重新启程。”他的夫人吉塞拉沿途拍摄的优美照片让他勾勒的这番梦幻景象更加引人注目。她的照片展示了许多细节，如漂浮在蔚蓝海面上的浮冰等。

对奥地利作家安娜·金来说，几年前的格陵兰岛之行更像是在重温人类的殖民史。这一切，都被她记录在了《侵入隐私》（*Invasionen des Privaten*）这本旅行日志中。她对自然细致入微的观察十分令人称道。她认为“冬天的冰霜”就像覆盖在大地上的露水，它在凝固之后越积越厚，就像一道保护膜“覆盖在城市之上，让它一直保鲜到夏季”，它看起来与雪类似，可实际上雪却终年难寻。站在冻僵的陆地上眺望冰封的海面，那感觉就像是在看传闻中被漂浮在海面上的“冰甲”包围的木卫二①。她说，色彩的缺失使人们无法注意到所有的细节：“我仿佛失去了基本的判断能力，必须重新学习。只有在脑海里给这白茫茫的一片着上色，才能弄明白自己看到的究竟是什么。”从前的规则全部失效。冰层可能破裂的想法在她的脑海里挥之不去。实际上，它们十分坚硬，根本不可能破裂。康克鲁斯瓦格峡湾那月光明媚的夜晚，在她眼里就是“颠倒的白昼”。

现在，北极和南极已经不再是广袤无垠的未知世界。前人的种种设想，已经被新的认识所取代：那儿的冰川有界限，且有融化的危险。尽管如此，仍有许多人“前赴后继”地乘游轮前往南极和北极。正在策划宇宙航行的科学家会从史上的极地探险中总结经验，以此作为火星之旅的重要参考资料。他们认为两者之间有一些相似之处：一群人都将在与世隔绝的环境中，在陌生、单调、危险的地方停留一段时间。

① 木星的第六颗已知卫星，其表面被冰层覆盖，底层是一片海洋。

描绘冬天

以冬天为主题的艺术品的出现开启了通往另一个时代的大门，得以让观赏者知晓从前的人是如何过冬的。第一批冬景画的出现可以追溯到15世纪初。林堡兄弟制作的《贝利公爵祈祷书》（*Stundenbuch des Herzogs von Berry*）中，就有这样一幅反映二月间的生活场景的画：伐木工在雪中作业，羊群挤在一起御寒，鸟儿在雪中啄食谷粒，蜂巢上盖了一层雪被——这正是书中描述的冬日景象。壁炉把房间烘得火热，屋里有些人甚至没穿衣服——究竟出于何种原因，我们不得而知。这也是书中唯一一幅能明显看出季节的画——雪在这儿起到了决定性的作用。当时，冬景画还十分罕见，通常人们只描绘夏季的景色。或许是因为冬天色彩有限，一方面会束缚画家的艺术想象力，另一方面又对技巧有很高的要求？这一点在当时的耶稣降生画中体现得尤为明显。1452 年，布鲁日画家佩特鲁斯·克里斯图斯在一座祭坛侧翼创作了一幅基督降生像，画中，玛利亚、约瑟和助产士围在新生儿旁边，虽然这个故事发生在圣诞节期间，整幅画的背景却是一派夏日景色。

亨利克·阿维坎普的作品中有不少冬景人物画。相传这位荷兰画家双耳失聪，所以又被称为“无声的坎普”。他的绘画大多创作于“小冰期”最为寒冷的岁月，但画中的人物却没有蜷缩在房间里瑟瑟发抖，恰恰相反，他们似乎是在冰面上庆祝冬天。有人在滑冰时编排设计出精巧的队形，让表演者以相同的速度行进；有人驾驶马拉雪橇；有人则聚在一起交谈。我们当然不知道画中的人物在严寒面前究竟有何感想，但至少从这些画来看，他们对此似乎并不在意。阿维坎普的《冰上高尔夫球手》一画，描绘了几位穿着时下流行服装的富家男子打“高尔夫球”的场景。这项运动或许就是现代高尔夫球的前身。他们打球的场地可能是结冰的艾瑟尔湖。仔细观察，还能在背景中看到为球手指示击球方向的人。

朱塞佩·阿尔钦博托的系列画《四季》在这一时期的冬景画中有着特殊的地位。《冬》是这一系列的最后一幅画，朱塞佩以拟人的方式，将冬季画成了一个“树墩老人”。嘴唇状的蘑菇成了这个“老人”肿胀的嘴巴。一段

从前，冬景画十分罕见。《贝利公爵祈祷书》中的《二月》大概创作于 1410—1416 年间

枯折的树枝成了他的耳朵。树干上的裂缝成了他的眼睛。另一根奇异的枝条上结着一个橙子和一个柠檬，与原本阴郁的画面形成了讽刺性的对比。“老人”脑后垂下的常春藤，似乎在暗示冬天终将结束。

在接下来的几个世纪里，以冬天为主题的作品一直处于艺术的边缘位置。直到浪漫主义运动在 19 世纪兴起，人们才再次注意到雪景和山景的美学价值。这也为一批作家、画家和音乐家开启了一个尘封的世界。在这以前，冰雪和冰川是人们避犹不及的事物。18 世纪建于日内瓦湖旁的房子，其面向萨瓦山的一侧均被围墙封死，以免人们看到雪景。只有在迫不得已的情况下，人们才会在冬天翻山越岭。除了朝圣者、商人和偷渡客之外，没有人愿意冒这样的风险。

但一切都有例外：英勇无畏的歌德就曾三次攀上海拔 2106 米高的瑞士圣哥达山口。多座山脉在此交会，莱茵河、罗讷河、罗伊斯河和提契诺河在此发源。到达此地绝非易事。1779 年 11 月，他在当地向导的指引下，不顾强降雪的危险，登上直入云霄的富尔卡山口。眼前那“光芒万丈的冰川”让他惊叹不已。他的登山之路是从瓦莱州的上瓦尔德开始的。“九点过后，我们来到了这里，并在一家餐馆落座。这个季节竟然还有外来客，显然让餐馆里的人感到惊讶。我们打听去富尔卡山口的路是否还走得通。

“冰上高尔夫球手”——荷兰画家亨利克·阿维坎普冬景画片段

他们回答说，本地人冬天大多数时候都能顺利通过，但我们是否能够成功到达就不好说了。”这条路上时常有极厚的积雪，得多次穿越冰冻的罗讷河，走过陡峭的冰岩——在冰岩上能看到“硫蓝色的岩缝”。接着，便进入了漫长的攀爬过程：“当人们暂时将视线从脚底的道路上移开，将目光投向自己和同伴，便会注意到一幅奇特的景象：在这个荒芜之境，在这片十分单调、终年积雪的山川之间，无论是继续攀爬还是原路返回，走上三个小时恐怕都碰不到一个生物。只见一支队伍在其间穿行，每个人都沿着前面那个人的脚印前行。在这个广袤无垠的世界中，映入眼帘的只有队伍留下的一道轨迹。”接着，一行人到达了海拔 2430 米的富尔卡山口。虽然恨不得立刻进到一座“石头砌成、半埋在雪堆里的废弃牧羊小屋”里休息，但众人还是抵制住了诱惑。最终，这支队伍到达了雷阿尔卑，他们在那里找到了一个温暖的小屋，里面有一些面包、葡萄酒，还有一些当地嘉布遣会的修士。由于修士们在圣诞节期间需要进行斋戒，他们这群访客又等了好一会儿才开始吃这些食物。第二天，歌德一行朝着覆盖着积雪的乌尔泽伦山谷进发。圣哥达山口已经近在眼前。几个向导负责在光滑的路面上撒上泥土，“好让道路更适合通行”。他们从瀑布旁穿过，最终到达了圣哥达山口，并登上了霍斯佩茨峰。返程时，歌德又回到了修士那儿。歌德四年前曾来过此地，后来，一场雪崩严重损坏了这个小屋。坐到温暖的壁炉旁后，歌德说：“到了这儿还有瓷砖壁炉可烤，实在是再幸福不过的事情了。”这时，一名僧人从圣哥达山口南麓的艾罗洛归来。他浑身都被冻僵了，好长时间才说出话来。用来生火的干柴枝是人们从山下步行三小时扛来的，因为霍斯佩茨峰周围根本找不到木头。天气如此寒冷，以至于他们只能短暂外出，让人给指一指山峰的方向。“我猜这一次我们得困在房子里，直到第二天再出发了。这让我们有时间慢慢回味这一带的奇景。”

1786年，歌德取道茵斯布鲁克和相对不那么危险的奥地利的布伦纳山口，终于第一次来到了意大利。但彼时他已经不再追求寒冬、山川和极限体验了。1775年，歌德第一次前往圣哥达山口时给霍斯佩茨峰画了一幅素描。十几年后，专业画家才开始描绘这座山口。

后来，冬天变得越来越受欢迎了。人们原本将严寒和冰雪视作洪水猛兽，现在也有了新的认识。在这个过程中，艺术家常常把他人的见解和自己的观察自由结合在一起。卡斯帕·大卫·弗里德里希[①]的一生注定和冬天紧密相连，这一切是从他哥哥克里斯朵夫在1787年冬天意外溺亡后开始的——无论这一切是否发生在滑雪过程中，总之意外已经产生。弗里德里希一生都为哥哥的死感到愧疚，对冬天和北极的研究（或者说是想象）贯穿了他的创作生涯。虽然他曾表达过去冰岛的愿望，但实际上从未成行。这并不妨碍他以戏剧化的方式表现北极的世界。1823年至1824年，他创作了《北极冰海遇难船》，画中有一大片棱角分明的浮冰，散落在其间的一艘帆船的残骸几乎难以辨识。此前，他还于1821年临摹了易北河的冰层开始融化流动的画面——当时他所居住的埃尔伯贝格区正好位于河畔。约翰·卡尔·恩斯伦的全景画《在冬天停留的北极探险队》可能也给了他很多启示。这幅画于1822年在德累斯顿展出，获得了极大的关注，受到关注的原因可能是此前威廉·爱德华·帕里的北极探险队由于遇到巨大的冰层被迫无功而返这件事成了热议事件。弗里德里希画中

① 卡斯帕·大卫·弗里德里希（1774—1840），德国早期浪漫主义画家，其作品常带有冷寂虚幻的意味和神秘的宗教气息。

的那艘沉船甚至可能就是帕里探险队的一艘破损的船只。

英国画家威廉·透纳曾于 1802 年到访瑞士。1808 年，他听说塞尔瓦的一次雪崩造成了 25 人丧生，便创作了一幅生动的油画——《格里松山的雪崩》。圣哥达山口也出现在了这幅画中。后来，他又创作了《捕鲸船》，但这幅画明显只是透纳对北极冰雪的想象。约翰·拉斯金[①]曾多次深入高山之中研究冰川。两位法国画家克劳德·莫奈和保罗·高更也对北方和冰雪尤为关注。这或许跟瑞典作家斯特林堡和易卜生有关，正是他们的作品激发了法国艺术家对斯堪的纳维亚半岛的兴趣。

或许莫奈和高更读过汉斯·克里斯汀·安徒生写的故事，在这些故事中，冬天一直充当着重要的背景，如童话《白雪皇后》和小说《只是一个提琴手》。安徒生曾在小说中提到，冰块将丹麦的海域和瑞典的斯科讷连在了一起，人们可以徒步穿越厄勒海峡，而船只却会被牢牢地冻在海面上。他笔下的那只可怜的丑小鸭，也深切感受到了冰雪的威胁："冬天变得越来越冷。丑小鸭不得不在水面上游来游去，这样才能不被冻在水里。可到了晚上，它能游动的范围越来越小。水冻得厉害，甚至可以听见冰块的碎裂声。丑小鸭只能用它的双腿不停地游动，以免被冰块封

① 约翰·拉斯金（1819—1900），英国作家、艺术家、业余地质学家。

住。最后，它终于昏倒了，躺着一动也不动，被冻在了冰块里。”《卖火柴的小女孩》中的那个女孩也让我们印象深刻，她在寒风和一片黑暗中“光着脑袋，赤裸着双脚走在街上”，“双颊通红，面带微笑”地冻死在了平安夜里。

1885 年，莫奈在挪威过冬，开始临摹深陷风雪之中的农家院。他最后得出的结论就连他自己也着实吃了一惊：“如果没有白雪的存在，或者说如果没有那么多雪，这片土地无疑将显得更美。”由于他既不会滑雪，也到不了更远的地方，所以可供选择的主题着实有限。尽管如此，他还是创作了七十幅冬景图，红笔勾勒出的挪威木屋和白雪相得益彰。他在一封信中写道：“我整个人都陷入了风雪之中，但手头还有许多油画需要完成。由于担心天气会突然转变，我不得不抓紧时间，努力工作。”

1884 年到 1885 年，高更随他的丹麦妻子梅特在哥本哈根待了半年。对他而言，北方只是一个中转站。从那里回到法国后，他动身前往塔希提，并最终在那儿找到了他的天堂。与此同时，随着日本木版画的出现，欧洲艺术家对冬天也有了全新的认识。

冬季运动

滑雪这项运动或许起源于欧洲东北部。在俄罗斯北部的辛多尔湖畔，人们在泥沼里发现了约公元前 6300 年的滑雪板残片，在其前端底部，还雕有驼鹿头状的“制动器”。在挪威北部胡廷附近的一片沼泽里，出土了一块长 110 厘米、宽 10 厘米的宽板，其历史可追溯到公元前 5200 年。与此相比，最早一批绘画的出现则要晚许多，对此，奥劳斯 · 马格努斯的书中曾有所记载。大约一百年以后，约翰尼斯 · 谢弗斯创作的《拉波尼亚》（*Lapponia*）一书中也出现了不少与之相关的插图。其中不仅有人们驾驶驯鹿拉拽小型雪橇的画面，还出现了一名脚踩巨型滑板、身佩弓箭的男子。

多卷本著作《卡尼奥拉公国的尊严》（*Die Ehre des Herzog-*

thumes Krain）曾提到阿尔卑斯山的人们使用的雪鞋。这部作品的作者约翰·魏夏特·冯·瓦尔瓦索男爵是加尔内克和诺伊多夫男爵，也是瓦根斯贝格和利希滕贝格的统治者。来自俄国的移民将这项发明带到了斯洛文尼亚。

奥劳斯·马格努斯所著《北欧民俗志》中的滑雪场面

“当阿尔卑斯山区的大雪将高山上的道路彻底掩埋后，人们根本无法通行，因为一切都可能突然崩塌，让行人深陷雪中。于是，人们取来用小树枝和绳子编成的小篮子，将它们绑在脚上。这样一来，他们就能在雪地上安全行走，而不必担心陷入雪中。无论雪面是否湿滑，这些宽底篮子都能保证人们不会滑倒。这是一项多么奇特的发明啊！”

雪鞋通常是手工编织而成，但有时也可对木板进行特殊加工制成雪鞋。亚历山大·特奥多尔·冯·米登多夫曾将一双西伯利亚的雪鞋称为“游牧民族的冬季小船”，尽可能灵活是它的设计原则。人们砍下一块约有五只脚长的木板，再将它切割打磨成一块平板，“其厚度大概与顶级大提琴的共振板相当”。经过风干之后，它会被制成游牧民族所使用的弓箭的形状，“前后两端被雕成柳叶刀的样子，底部用鱼胶粘上取自驯鹿脚掌的毛皮”。鞋的皮套则由一块粘在鞋板中央的脚掌状的牛皮制成。

虽然人们发明滑雪最初是为了消除两地的交通障碍，但人们渐渐领略到了它的乐趣。挪威是滑雪运动公认的发源地，“Ski”这个词正是出自挪威语。松德·诺尔海姆是普及滑雪运动的先驱。1868 年，这个年轻人脚踩滑雪板驰骋 150 千米，从特雷马肯到达了“自由城”（今奥斯陆）。后来，滑雪逐渐传向阿尔卑斯山区和北美地区。一个名叫奥德·谢斯贝里的挪威人把他的滑雪板带到了瑞士东部的格拉鲁斯。将滑雪运动引入加利福尼亚州、澳大利亚和新西兰的也是挪威人。

但滑雪运动从斯堪的纳维亚半岛传入中欧却是在 19 世纪末，这远比我们想象的晚。在 1878 年的巴黎世博会上，滑雪运动还获得了新发明奖。阿尔卑斯山地区滑雪运动的鼻祖是马蒂亚斯·兹达斯基。他发明了防侧滑鞋底，使得雪板可以自由转向，并可以沿着斜坡下滑。在挪威和瑞典，越野滑雪较为流行，且一般在地势较为平坦的地方进行。到了阿尔卑斯山区，这项运动则被改良成了沿山坡冲下的高山滑雪。

一段时间以来，能让人们在雪中沿着固定轨道下滑的平底长雪橇一直是人们钟爱的交通工具。传统的小雪橇数百年来一直是瑞士人民的交通工具，后来还被应用于竞技。

传奇的雪车赛（又称克雷斯塔赛或冰山雪橇）的出现也可以追溯到这一时期。在这项运动中，运动员们需要跳上小雪橇，然后趴在上面沿着冰道冲下。克雷斯塔位于瑞士格劳宾登州塞雷里拉市。这项传统一直延续至今，运动员们的技巧也日趋完善。即便像赫尔曼·黑塞这样偏爱静思的人，也喜欢乘坐雪橇作短途旅行。格劳宾登州锡尔斯玛利亚地区的林屋旅馆几乎成了他的第二故乡。他曾这样写道：

> 雪橇顺着保养完好、斜度适中的冰道飞速滑下，但人们不会感到太紧张。我几乎平躺在较低的雪橇上，穿过森林，眼前掠过优美的远景。我的眼睛时而望向路面，时而望向澄净高远的天空，雪橇溅起的小雪粒在空中飞舞，直拍打得我脸颊发痒。半道上，我们超过了一架五座运动雪橇。它翻倒在地，摔得粉身碎骨。五位乘客站在一旁，揉着发痛的四肢，又差点被我们撞倒。

冰山雪橇是新世界的产物
图为 1907 年从萨拉托加矿泉城寄来的一张明信片

有舵雪橇不同于普通雪橇，它可以通过拉拽方向舵、脚踩装有钢轨的滑板和转移身体重量控制方向。由于弹性上佳，白蜡木常被用来制作有舵雪橇。木材被砍伐下来后，需要风干两年再交给细木工处理。天然的有舵雪橇冰道至今仍然存在，横跨瓦尔贝格市特格尔恩湖的冰道的长度为德国之最，足足有 6 千米。

克里斯多夫·伊塞兰是瑞士的滑雪先驱之一。1888 年，弗里乔夫·南森借助窄木条横穿了格陵兰，与此有关的报道给了他很大启发。为了不被他人看到，伊塞兰开始在黑暗中练习滑雪。许多士兵——尤其是奥地利士兵——也曾在战时学习滑雪。后来，多余的滑雪用具被分配给体操和运动协会，这也推动了这项运动的流行。1934 年，第一台现代化的雪场电梯在达沃斯投入使用。此前，滑雪者必须在滑板下绑上兽皮，然后将滑板使劲拉上山顶，才能再一次享受一跃而下的乐趣。如今，在赛场之外的地方，一些野外滑雪运动员还是只能采用这种方式。

19 世纪 60 年代以前，从未有人想过要在冬天去瑞士的雪山上度假。当第一场雪在深秋落下时，瑞士雪山上最后的旅客便会忙不迭地开始收拾行囊。可善于经营的旅馆主约翰尼斯·巴德吕特却有了一个不同寻常的主意：他请求那些夏天来的英国常客也试着在冬天造访他的英加迪园丘旅馆。后来开始流传这样一个故事，1864 年 9 月的一个雨夜，巴德吕特和几位英国客人一起坐在壁炉边烤火。客人们开始为故乡冬季的雾天发愁。巴德吕特告诉他们，到了冬天，如果碰上好天气，这里的人们出行甚至都不需要穿外套。他许诺说，如果自己所言不实，他将负责承担客人们的旅费。当客人们十二月中旬来到圣莫里茨时，这里正艳阳高照。他们热得汗流浃背，前来迎接的巴德吕特只穿了一件衬衣。显然，巴德吕特赢得了这场赌局：这群英国人一直待到了三月。巴德吕特还趁机夸赞自己的旅馆位置优越，绝非圣莫里茨那些温泉旅馆可比。他的旅馆所处的村庄位于山坡南麓，相比那些在谷底的温泉旅馆，这里

“日照更充足，气候更干燥，位置更安全”。

这下，巴德吕特的旅馆得以常年无休地经营，他也终于有钱偿还扩建旅馆的欠债了。他还发现，客人们在冬天会有更多消费。宾客留言簿里的内容也为这里做了宣传。1869 年末，雅各布·西格曼携女儿罗莎从拜罗伊特来到这里，成了当年最早的冬季游客。他在留言簿里这样写道：“我要向所有向往高山清新空气的人推荐这片高地山谷，尤其是圣莫里茨这个冬季天堂。”一开始，人们只能乘坐雪橇到达这片偏僻的高地山谷，难免有所不便。1879 年 11 月，《雷蒂孔自由报》上刊登了这样一则报道：“头脑灵活的巴德吕特先生发明了一种颇受好评的新型雪橇，人们可以用它在冬季翻山越岭。”此外，巴德吕特还建了人工滑雪场、雪橇滑道和冰壶场，组织人们登山游览，以进一步提升其旅馆的吸引力。1888 年冬，旅馆共迎来了 164 位客人，其中有 135 位都是英国人（旅馆还特别为他们准备了家乡的甜点和酒精饮料）。客人们组成了一个不断壮大的大家庭。圣莫里茨的神话诞生了，冬季旅游业开始兴旺起来。

人们对冬天的阿尔卑斯山的印象有了极大的改观。约翰·拉斯金一年四季都曾造访此处，他称赞道：“阿尔卑斯山最为美妙的夏景也无法和冬景媲美。”弗吉尼亚·伍尔芙的父亲莱斯利·斯蒂芬也说，这里在冬天就像“仙境的一部分”，太阳总是“闪着不同寻常的光芒”。在格外强烈的日照、蔚蓝的天空和纯净的空气面前，冬天也显得不再那么寒冷——读到这些话的人们，或许会认为这儿的冬天就像一个超现实的夏天。事实上，由于阿尔卑斯高山区空气干燥，就算气温较低，也并没有那么难以忍受，何况用于

“我们没有那么多时间在高山的疗养旅馆中过夜！”
黑森林滑雪俱乐部在霍尼斯格林德修建的第一座滑雪小屋外景图

取暖的小屋几乎随处可见。正是在滑雪运动的影响下，人们对高山才有了全新的认识，这也进一步促进了旅游业的繁荣。人们不仅从冰雪中发现了乐趣，还发现了有益健康的方法。

在世纪之交，第一批专用的滑雪小屋终于出现。“如果在早上十一点到达霍尼斯格林德后就必须立即下山，那

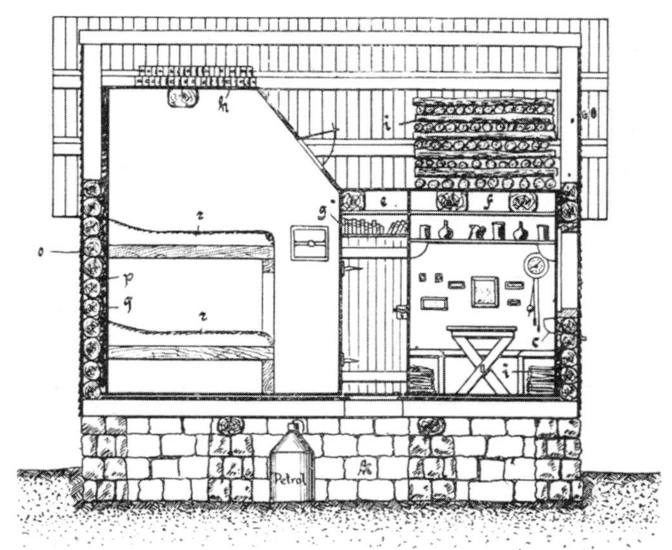

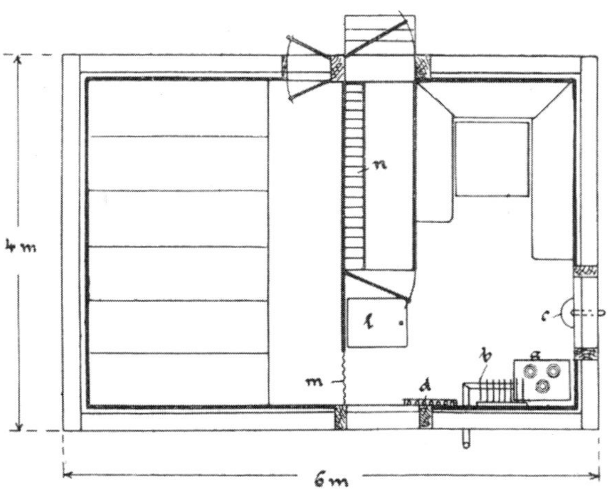

滑雪小屋内景剖面图

显然不足以让我们享受到周日滑雪的乐趣。我们也没有那么多时间在高山的疗养旅馆中过夜！所以我们修建了这个滑雪小屋。”黑森林协会暨黑森林滑雪俱乐部成立公告中这样写道。该协会于 1903 年圣诞节期间建成的滑雪小屋，在当时的德国或许是第一个。它占地 24 平方米（长 6 米，宽 4 米），立于砂石地基之上，由一个小型前厅、一个角落里摆放着桌子的厨房和一个有六个铺位的上下床的卧室组成。前厅既可以存放滑雪板，也可以阻隔外面的寒风。卧室的床垫里都塞满了海藻。所有的门和抽屉都像保险柜一样镶嵌在铁框里，窃贼只能从烟囱闯入。屋顶上的阀门保证了室内和炉灶的通风。

没有人比托马斯·曼更能详细描绘阿尔卑斯山冬季疗养院的纸醉金迷。他在长篇巨著《魔山》中描写了主人公汉斯·卡斯托尔普观察疗养院里的宾客的场景：他们“光着脑袋，穿着高价材料制成的时尚运动服，个个被冬日的暖阳和积雪的映射烤成了青铜色”。这部小说的故事发生在一战爆发之前，冬天是这个故事中“最伟大的季节”，是达沃斯森林疗养院中一切发生的舞台，也为小说中的环境描写和心理元素增添了戏剧性。汉斯·卡斯托尔普全心全意地感受着这个漫长的季节，它会从十月一直持续到来年五月，直到临近基督降临节才结束。但他第一次感受到冬天的到来，却颇有些意外：一天早上他醒来时，突然发现房间里的温度只有 7 摄氏度。后来，他开始沿着雪地里铲出的蜿蜒山路探索这气势宏伟、变幻万千的冬日世界：

> 这个属于山上人的小世界遗世独立，宁静高远。一夜之间，它突然被蒙上了厚厚的白雪；万物银装素裹，通往疗养院大门的台阶消失不见，变成了一个斜坡；奇形怪状的积雪堆在松树枝头，不时滑落；它们在空中化作云彩和白雾，四下散落。

除了乘坐连橇之外，他还见识到了一种奇特的运动——马拉雪橇比赛。夜里，他常常戴上棉帽和厚厚的羽绒手套，穿上毡靴，把自己裹在带扣子的兽皮睡袋里，再盖上一层骆驼毛毯，然后平躺在房间的阳台上，感受“冬夜的魔力”，以神游的方式摆脱周围病态的世界。有一天，他游兴大发，去高山上远足，却在途中遭遇暴风雪，迷失了方向。后来，他找到了一个能暂时栖身的干草堆，在上头睡了一大觉，醒来后就找到了回疗养院的路。托马斯·曼曾于 1912 年和 1921 年两次造访达沃斯，并在那儿获得了创作小说的灵感。在《昨日的世界——一个欧洲人的回忆》中，斯蒂芬·茨威格这样描述冬季的意义变迁：

> 从前，冬天是荒凉的代名词，人们只能在酒馆里

打牌，或是在暖气过剩的房间里打发时间。后来，人们发现了高山上灿烂的阳光、对肺部有如琼浆玉液的空气和埋藏在皮肤之下的蠢蠢欲动的活力。而且，山川、湖泊和海洋不再遥不可及。自行车、汽车和电力机车拉近了各地之间的距离，重新定义了空间感。每逢周日，成千上万的人穿着鲜艳的运动衫，乘着滑雪板和雪橇沿着积雪的山坡疾驰而下。运动场和游泳池如雨后春笋般涌现。

这一切，都在20世纪20年代以来的杂志插图中得到了证实：人们穿着套衫、冬衣和滑雪裤，戴着太阳镜，虽然双颊被晒得黝黑，依然面露喜色。身强力壮的滑雪教练也是在这一时期出现的。他们操着浓重的阿尔卑斯口音，帮助那些左摇右晃的学员站稳身子——这已经成了一个被反复吹捧的噱头。就在大约十年前，瑞士的官方旅游宣传广告里还宣称这里有“最迷人、最受欢迎的滑雪教练”。画面上，一个穿着红色连体滑雪衣的年轻男子正护着一群学员沿着山坡盘旋而下。

在建满豪华农舍和度假小屋的达沃斯、圣莫里茨、霞慕尼相继成为滑雪中心之后，这项运动的火把也传到了邻国：奥地利北蒂罗尔的基茨比尔、墨索里尼在意大利兴建的布洛伊尔－赛维纳和德国的加尔米施－帕滕基兴及奥伯斯多夫后来都成了滑雪胜地。在加尔米施有一条既富有传奇色彩却也臭名昭著的下行滑道，是以阿尔卑斯体育协会公立学校副校长——坎大哈的罗伯茨勋爵的名字命名的。在瑞士的克莱恩－蒙塔纳，首届“坎大哈杯”于 1911 年举办，比赛规则是：参赛者要爬坡七个半小时，然后在山上的小屋中过夜，并在第二天继续穿越普莱纳－莫特冰川上行，最后再沿着 1500 米的长坡滑下。

在美国，滑雪运动的兴起和 19 世纪末的回归自然运动密不可分。西奥多 · A. 约翰逊于 1905 年出版的《冬季滑雪运动》（*The Winter Sport of Skeeing*）是第一本与此相关的图书。科罗拉多州的阿斯彭是北美喷气式滑雪场的所在地，几代肯尼迪家族成员都曾到这儿做客。许多美国滑雪爱好者会带着自己的喷气式滑雪板来此朝圣。受气候变迁的影响，当地缆车协会呼吁：让冬天保持寒冷！他们还大

查理 · 卓别林和道格拉斯 · 范朋克在圣莫里茨玩马拉雪橇

力推广可再生能源。同样位于该联邦州的冬季公园更是美国 75 年来连续经营时间最长的度假胜地。爱达荷州的太阳山谷也有同样悠久的历史，这里的滑雪学校最初是由奥地利人经营的。虽然美国的高山面积十倍于阿尔卑斯山地区，但其滑雪爱好者只有 1800 万人左右，远低于欧洲的 4500 万人。阿尔卑斯山和落基山脉的气温预计将在气候变迁的影响下上升，这也将影响滑雪运动的开展。

人们预测，在不久的将来，亚洲将出现更多的滑雪爱好者。日本北海道的二世谷滑雪场已经开始吸引众多的游客，其中不少游客来自澳大利亚。因此地的降雪含水量极低，这里有着独特的干松雪和较高的积雪量，这让游客们赞不绝口。如果中国真能实现既定目标，那到 2022 年冬奥会时，将有三亿中国人享受滑雪的乐趣。中国吉林的长白山上有一个冬季运动中心。位于云南省的玉龙雪山滑雪场海拔近 4700 米，是世界上海拔最高的滑雪场。但关注中国滑雪运动的人士也批评说，到目前为止，中国人还没有把滑雪当作严肃的运动，而是把它当成一项娱乐活动，并常常把它和“唱卡拉 OK”相提并论。因此，大多数滑雪者都还停留在初学者水平。

从前的人们会有意识地规避冬天的影响。他们不仅会像农民那样在冬天从山上搬到谷底居住，还会定期进行冬季迁徙。富裕的市民和退了休的人习惯在阴冷的季节从北方城市去到南法海岸或意大利北部的几大湖畔过冬。肺病、风湿、神经衰弱、流感乃至无聊都是促使他们成行的原因。医生也会建议那些富裕的冬季抑郁症患者去南方过冬，以起到预防和缓解抑郁的作用。19 世纪末，位于阿尔卑斯山南麓的提契诺成为享誉世界的“日光小屋”。报纸上被人精心编纂的数据，也让这个米兰附近的城市一跃成为欧洲人热爱的过冬之所。众多豪华的酒店见证了它的发展。这里的冬天，已经成了一个与南方有关的神话。特意栽上的棕榈树、含羞草和桉树——它们原本并不属于这里——让这个地方有了意大利南方城市的感觉。同步建设的还有铁路。1864 年，位于地中海地区的法国城市尼斯通了火车。1868 年，铁轨延伸到尼斯以东、靠近意大利边界的芒通。在滨海阿尔卑斯山脉的环绕下，提契诺的气候尤为温和，气温很少低于 0 摄氏度，几乎没有积雪。

在冰上飞驰

人们考古发现：早在史前时代，人们就开始用马蹄骨和牛蹄骨制作冰刀。它两端开孔，使皮带能从中穿过，将冰刀和鞋绑在一起。早在约五千年前，这样的冰鞋就已在芬兰南部出现。这并不奇怪，因为芬兰有着世界上最为密集的内陆水域。从结冰的湖面上直接滑过，显然比从湖岸绕行要节约时间。科学家们复原了这种冰鞋，并于几年前在结冰的阿尔卑斯湖面进行了试验，以求更好地了解它的使用方法：人们穿着它每小时可前进 4 至 5 千米，按照冬季一天日照 4 小时计算，白天就可以滑行近 20 千米。类似的冰鞋在青铜时代的潘诺尼亚和维京时代的瑞典都出现过。种种迹象表明，这些蹄骨制成的冰刀不仅便于在冰面上步行或滑行，还有助于在较硬的雪地里更快行进。滑行者在使用这种早期的滑雪用具时，必须在一根雪杖的辅助下前进，而且双腿难免会被冻得十分僵硬。奥劳斯·马格努斯在《北欧民俗志》中描绘的两位滑冰者使用的雪杖的末端都各有一枚钉子。威廉·菲茨斯蒂芬在成书于 12 世纪的《圣托马斯传》（*Vita Sancti Thomae*）中提到，滑冰深受伦敦人喜爱。他们在冰上飞驰时就像“鸟儿在天空中翱翔”，或是“像离弦的箭一般疾驰”。

铁冰刀直到 13 世纪才投入使用。它大幅度减小了摩擦力，实现了又一次运动革命。有史料记载的最早的滑冰事故与来自荷兰斯希丹的修女利德维纳有关：扬·布吕格曼创作的《圣女利德维纳传》（*Vita alme virginis Lydwine*）中的一幅木版画，就展现了两位妇人将这位跌倒的修女搀扶起来的画面。据说，她一跤就摔断了肋骨。

后来，骨冰刀彻底被铁冰刀取代。人们开始把后者固定在木板上，再将鞋子绑在上头。再往后，人们专门为此制作了钢板，并将它和硬鞋捆在一起。没过多久，这项运动就出现在了文学作品中。弗里德里希·戈特利布·克洛卜施托克[①]为滑冰这项运动写了一首赞歌。他于 18 世纪中叶在苏黎世体验了这项运动，在 50 岁高龄时还参加了滑冰课。显然，肥胖的身材并未对他造成任何影响。

---

① 弗里德里希·戈特利布·克洛卜施托克（1724—1803），德国诗人，反对理性主义，强调个人情感，崇尚浪漫主义。

我们可曾享用够

茎上的果实和美酒的芬芳？

冬天的空气激起食欲

更让人恨不得用脚尖起舞！

你朝左旋转，

而我却想微微朝右旋转；

学我的样子摆动起来：

啊！赶紧从我身边飞过！

——《滑冰》(1764)

有史料记载的最早的滑冰事故

斯希丹的修女利德维纳摔断了一根肋骨

克洛卜施托克很快把对滑冰的乐趣传给了歌德。后者在《诗与真》中回忆道："随着冬天的到来，一个新的世界在我们面前敞开了大门。虽然之前从未尝试过这项运动，我还是迅速做出了去滑冰的决定。通过练习、思考和坚持，我很快就达到了可以享受其乐趣的程度，而又不至于在众人之中显得过于出类拔萃。"虽然歌德在五十一岁时已不再亲自下场滑冰，但他一直在不遗余力地推广它：他把滑冰鞋送给了宫廷中的大臣和贵妇作为礼物。魏玛的奥古斯特宫廷的侍童卡尔·冯·林克这样写道："孩子们必须在全速滑冰的同时用长剑挑落树上的苹果，再从横杆上跃过。我们经常摔倒，也很容易受伤，所以父母们对这项娱乐活动并不是特别支持。这一切都被怪罪到了歌德头上。"

1825 年，克里斯蒂安·西格蒙德·青德尔在《滑冰，穿着冰鞋行进》(*Der Eislauf oder das Schrittschuhfahren*)一书中给对这项运动感兴趣的人提了一个建议："新手们最好去一个偏僻的地方向有经验的友人学习，而不是去人潮涌动的滑冰中心。看着那些老手们的动作，再想到自己拙劣的尝试，新手们不但不会受到鼓舞，反倒会灰心丧气。他人的嘲笑，并不会激发练习的动力，而会造成更多不快。"青德尔在这本汇编作品中称滑冰为"穿着冰鞋阔步走"，因为他认为滑冰并非从滑雪橇这一运动衍化而来，

克里斯蒂安·西格蒙德·青德尔在《滑冰，穿着冰鞋行进》(1825)一书的前言中称滑冰为“最棒的身体运动”

而是和阔步走这项运动有关——这个观点是克洛卜施托克转述给歌德的。在他看来，滑冰是“最棒的身体运动”：“滑冰远胜于走路、驾车、骑马和跳舞等各项运动，因为没有哪项运动能像它这样运用身体优势，轻而易举地展现出千变万化的优雅姿态。”

一段时间之后，滑冰终于吸引了越来越多的人，成了一种时尚。美国舞者兼花样滑冰选手杰克逊·海因斯的多场演出在欧洲影响甚远。受益于钢冰刀的便利，海因斯的舞蹈、旋转和跳跃让许多人为之着迷；他那优雅多变的动作，甚至让许多人不敢相信自己的眼睛。据说，1868 年，他在维也纳的冰面上表演了一整支华尔兹舞曲。从前，滑冰更多是一种近似军事操练的身体锻炼方式和运动形式。

“美国冰皇”杰克逊·海因斯将滑冰变成了一项艺术

海因斯的出现彻底扭转了这种印象。他被人称为“美国冰皇”，但他在自己的故乡其实并没有那么出名。他究竟是死于滑雪橇时感染的肺炎，还是因贫困潦倒死于肺结核，目前还没有定论。

有些滑冰者不满足于运用腿部肌肉的力量和身体的离心力来滑冰，还希望风也能为己所用。他们用雨伞、船帆和（近似小降落伞的）风筝作工具，以更好利用风势，速度可达到每小时 60 千米以上。

并不是所有的冰面都适合滑冰。其实，每一种冰上运动都有不同的温度要求。只有在特定的条件下，运动员才能在冰面上“飞驰”。如果气温过低，冰刀和冰面的摩擦无法产生足够的热量使冰的表面暂时融化，也就无法实现在冰上的一层薄薄的液体上滑行的效果。如果气温过高，冰面开始融化，原本优雅的舞姿很可能以连续摔跤收场。温度过高或过低都会让摔跤的可能性大幅上升。冰球手们对场地的不完美就有着切身体会：如果冰面过冷，冰刀会陷入其中；如果冰面过软，冰刀则跟不上身体转动的速度——这会对膝盖造成极大的压力。速滑运动员使用的冰刀更为细长，不会陷入冰中。由于不必急转弯和迅速改变方向，他们更适应坚硬的薄冰。花样滑冰选手则需要柔软温润的冰面，以在跳跃时达到减震的目的。

人工冰场可以使人们不受气温变化影响，在上面安全滑冰，探照灯还能方便人们在晚上运动。这项 19 世纪末出现的新时代的发明，就像一个供滑冰者表演的大舞台。但正如英国女作家珍妮·迪斯基所说的那样，这一切实际

滑得更快：借助辅助手段滑冰

上充满了矛盾：

> （人工冰场）是人为圈出的场地，它可以让人在双脚不脱离地面的同时尽可能地减小摩擦力。但是，它四面都有木头围栏。人工冰场许诺给人带来乐趣，却使人乘兴而来，败兴而归。如果您想一直在冰面上驰骋，就必须在围起的冰面上绕圈，而不能一路前进。可光滑的冰面不就是为了让人不断加速，让人一路向前吗？

每一项冰上运动都有着自己的历史。正如前文所说的那样，16 世纪就曾有人在冰上打高尔夫球，但直到 19 世纪下半叶，现代冰球才在加拿大东部出现。1883 年，达沃斯举行了第一场平地雪橇比赛。跳台滑雪的历史则更悠久一些：1860 年，来自挪威特拉马肯的松德·诺尔海姆从一块山岩上跃下，飞出了30.5米。这一世界纪录保持了33年之久。

荷兰人发明了一种奇特的冰面交通工具——冰舟。1614年，阿德里安·凡·德·范尼创作了一幅名为《冬天》的油画，画上就有这样一艘带船帆的冰舟，但画面上看不到冰舟在冰面上留下的痕迹。第一次见到这种冰舟的人肯定会感到诧异，因为它不像普通的帆船那样随着波涛上下起伏，而是在冰面上水平移动，多多少少是在走直线。（冰上帆船运动员也喜欢将其称为“硬水”。）与其他交通工具相比，这样的冰舟在19世纪末有着很大的速度优势。现在，基于这一原理制成的交通工具的速度可以达到风速的数倍，只不过这种交通工具不再是“小舟”，而是玻璃纤维或铝制成的冰上滑行船。冰上帆船运动只能在特殊的条件下进行：一方面，冰层必须足够厚，具有足够的承重能力；另一方面，冰面上不能有雪存在。要使水面结冰，风就不能太大，但在冰上驾驶帆船却又需要风，且风不能太猛烈，否则就有翻船的危险。以过往的经验来看，满足上述条件的地区屈指可数。更何况，这项运动还对运动员有很高的要求。

在爱沙尼亚，不少人喜欢在结冰的波罗的海上驾驶反冲式雪橇。这是一种小而轻的金属雪橇，驾驶者靠装有防滑后跟的靴子在冰面上蹬踏前进。一些谨慎的人还随身携带用于试探冰面的雪杖、哨子和冰爪。万一掉入冰窟窿，他们可以把冰爪甩出冰面以自救。冰钓是一种优雅的冰上休闲娱乐方式。爱沙尼亚的佩普西湖结冰时，钓鱼者会在湖面上分开寻找小冰窟窿，将细细的鱼线投入冰冷的湖水中。他们往往要等上数小时才有鱼儿上钩。有时候，他们会用挂在金属杆上的锅煮一锅汤，因为喝汤可以暖身。

大约一百年前，圣莫里茨人奥古斯特·诺尔达在《医生眼中的冬季运动》（*Der Wintersport, vom ärztlichen Standpunkte aus beleuchtet*）一书中提出建议："身患疾病、急需康复的人"可以低速滑冰，或在相对安全的场地里滑雪橇或掷冰壶。滑雪则最适合神经紧张的人。那些无论如何都不肯在冬天运动的人又该怎么办呢？诺尔达给出了他的答案：

> 许多地方的人都认为雪后不能去高山上散步，这种观点是错误的。人们普遍认为，在户外行走对病人——尤其是心脏不好的人——来说是一件十分劳累的事情。事实上并非如此。大多数冬季运动场都会在降雪后清理和压平道路。在这片厚厚的雪毯上行走，就像走在世上最好的人行道上。

冬日习俗、冬日传说与圣诞老人

即便是在冬天，人们也渴望亲近大自然。在十二月初的圣芭芭拉日，人们习惯从樱桃树、梨树或杏树上剪下一根枝条，将它在流水中静置几小时以解冻沉睡的花蕾，再把它放入一个装了水的容器中，水中放入少许石灰。十二小时后，人们需要再去换水，一般到那时花朵就已经盛开了。盎格鲁－撒克逊人将冬青视作圣诞节的象征，虽然它在圣诞节时不会开花，但却四季常青，结出的果实还是红色的。

日照时间较短的十二月十三日有着特殊的象征意义。在格里历[①]普及之前，人们认为这一天是一年中日照时间

① 即公历纪年法。

最少的一天。在斯堪的纳维亚半岛，圣露西亚庆典十分盛行，女孩们会头戴蜡烛花冠上街游行。这场活动是否和早期基督教中的圣女露西亚有关，还没有得到确切的证实。至于冬至日，由于这一天的来临意味着白昼即将重新变长，分属不同文化的人们有自己的庆祝方式。采用格里历后，十二月二十一日就成了一年中最短的一天，但各地庆祝的日子并不相同。罗马人会庆祝安格罗娜节，又称迪瓦里亚节。安格罗娜是帮助人们摆脱悲伤、抚平痛楚的女神，也是冬天的陪伴者。这个节日和纪念农神萨图努斯的“农神节”重合了——在儒略历[①]中，“农神节”一般在十二月十七日到二十三日。这一天，许多律法将失效，阶级差异将消失。无处不在的蜡烛象征着对知识和真理的探索。基督教徒将一年中最短的日子推迟到了十二月二十五日。基督究竟在何时降生？圣诞节为何出现在冬天？对此，专家们众说纷纭。用饰品和彩带装饰圣诞树的习俗大致可追溯至 15 世纪。人们在阿尔萨斯地区发现了这一习俗产生的最早证据。很长一段时间以来，这项习俗都是行会和贵族家庭的特权，直到 19 世纪才传入普通社会，并传向英国、法国、美国和斯堪的纳维亚半岛。到了 20 世纪，一些天主教徒依然对这种做法持保留态度。圣诞树能

① 公元前 45 年 1 月 1 日起执行的取代旧罗马历法的一种历法。格里历便是在此基础上改良而来。

给人带来光明和生气，促人团结。在丹麦，人们会围着圣诞树跳起圆舞。

加拿大的肯诺拉有一项传统悠久的习俗：圣诞夜将一盏“冰烛”放在亲友的墓碑前。这项活动每年都要用掉5000盏“冰烛”。志愿者会提前一个月开始准备。他们会把水注入5加仑的空油桶中冰冻，在顶部和侧边结冰后，及时将剩余的水倒出，从而使冰块中空。最后，人们会吹着风笛和小号，在这个巨大的“玻璃杯”中隆重地点燃蜡烛。“冰烛”的传统起源于斯堪的纳维亚半岛。

有极夜现象的地区——如挪威北部——的人们会在太阳“归来”时举办庆祝活动，互赠礼物。放眼整个欧洲，各地都会通过点燃火种或烧毁象征冬季的稻草人的方式来驱赶冬天。冬季舞会等各式各样的庆祝活动会一直持续到来年的狂欢节和春分时节，这些节日能帮助人们更快乐地度过阴暗、艰辛的冬天。考虑到战胜冬天的喜悦之情，狂欢节的欢闹也就不难理解了。

一些自然宗教的追随者也会在冬至日进行庆祝，并坚持至今。在英国和北美流行的巫术运动遵循固定流程，其历史可以一直追溯到荒野时代。他们以大声高呼的方式，驱赶“冬天这个老家伙”，催促冰雪赶紧融化，鼓励春天快点到来。人们在雪地里画着象征春天的符号。点蜡烛则表示翘首以盼的太阳如愿回归。冬至被人们视作“变革”

的象征，即象征人类文明从“混沌时代”走向光明、完美、公正的时代。热闹的圣烛节（圣烛这个词在爱尔兰-凯尔特语中本是“羊奶”的意思）会一直持续到二月中旬，即冬至和春分之间的某个日子。在爱尔兰，这个节日属于守护圣火的女神布里吉特。为了向她致敬，人们会点燃火堆。火堆的灰烬会在那天晚上被整齐地抹平，据说第二天早上会显示出某种有预示意义的符号。

再来说说圣诞老人。“圣诞节到了。家家户户张灯结彩，孩子们的欢呼声传到白雪覆盖的空旷街道，响彻云霄。这时，只见一个男人快步疾走，他挨家挨户地张望，看看有没有人愿意给他开门，收下装饰好的圣诞树作为礼物。”那么这个藏在棕色长袍和白色长胡子后面的人又是谁呢？1848年，莫里茨·冯·施温德[①]在慕尼黑出版了一套连环画册，画册中的主人公“冬先生”是圣诞老人的第一个知名形象。虽然这个形象已经和我们今天所熟知的圣诞老人十分相似，但一直到一百年之后，它才在美国驻军的帮助下被欧洲大陆的民众们所熟知。他究竟从哪儿来？一年中其他时间都在干些什么？对于这些问题，至今仍无人解答。散文家皮埃尔·勒韦迪用一篇优美的短文概括了“冬先生”的特征，还自认为弄清了他的来历：

① 莫里茨·冯·施温德（1804—1871），奥地利画家。

寒冬时节，他蹲坐在阴影和寒风之中。起风的时候，他便在指间点燃一丝火光，照亮林间。他无疑是一个老人，但恶劣的天气不会杀死他。晚上的时候，他才走下平原；白天他躲在半山腰的一片森林里，从来不让人看到他从哪儿出来。夜幕一降临，他那微弱的火光就像星辰一样在天际线闪耀。他无惧太阳和喧闹，只需小心藏好，等到短暂明媚的秋日一来，又可以在低沉的天空和灰涩的空气中佝偻着腰行走，而无须被人注意。他就是那个不死的冬老人。

在俄罗斯，他又被称为“冰霜先生”。象征冬天的形象往往很奇特——他们会在现实世界中出现，但仿佛又属于另一个神秘的世界。能唤来雪的霍勒大妈绝非格林兄弟的发明[①]，关于她的传说可一直追溯到中世纪。有些历史学家认为她是一位被基督教抛弃的神。

冰岛也有一些关于冬天的传说。冰岛的孩子们翘首以盼的那些留着大胡子、戴着便帽的小矮人，一看就知道是小号的圣诞老人。他们一个接一个地到来，有窥窗小子格卢加耶吉尔，在奶牛棚里偷吃奶沫的古尔加格莱吉尔，在

① 格林兄弟曾创作过一篇名为《霍勒大妈》的童话。

门后窥探的高特塞弗尔，其他人也变着法子捉弄人类。最后，克塔斯尼基尔会在平安夜那天偷走长桌上的蜡烛。但正如大家所熟知的那样，他也会偷偷地在孩子们的鞋里留下礼物。实际上，这十三个被称为“圣诞精灵”的家伙，正是夏天躲藏在山后的妖魔鬼怪。

在斯堪的纳维亚半岛，冰雪经常以拟人化的形象出现：雪是芬兰的三百岁老国王，他的父亲叫冰山，又名霜冻，他的女儿叫堆雪、暴雪和新雪。在瑞士，人们认为雪精灵可以预言天气。冬天之神有男有女。波瑞阿斯是希腊神话中的北风之神，也是冬天的引路人。在古日耳曼神话中，有瞎眼冬神霍德尔、冬日游戏之神乌勒尔和乘滑板狩猎的冬季女神斯卡蒂等形象。在冰岛的神话史诗《埃达》中，斯卡蒂又称滑雪之神或滑雪女王。象征寒冷的形象通常是男性，但也并非没有例外。

在北欧神话中，神秘的重生者或不死之人会突然出现，扑到行人的后背上，这被认为是预示有熟人即将死亡。与此不同的是，象征冬天的神几乎不会要人性命。严寒一段时间后就会消失无踪，我们也不用管它去了哪里。总之，它不会在雪中留下任何痕迹。

日本民间传说中的雪女则没有那么友善。她常出现在漫画中，身穿白色和服，面色苍白，几乎就像一个透明人。她会驾着雪花来到人间。在一个传说中，她用自己冰冷的呼吸杀死了一个人。在日本导演黑泽明的电影《梦》(1990)中，她也曾短暂出现：当一位随大部队前进的登山者遭遇暴风雪时，她站在了他面前，让他完全屈从自然的力量，慷慨赴死。在她离开之后，那位登山者的队友发现自己就在一个营地附近，从而成功获救。

关于冬天的拟人形象不胜枚举。在现代漫画和童话中，既有许多冰雪女巫和冰仙女，也有拥有魔力的冬妖，其中有极其恶毒的，也有还算善良的。他们的文化背景不同，但唯一的共性是每年冬天都会回来。

在传统社会中，冬天也是属于死者及其亡魂的季节。人们常常将其和一些迷信思想联系在一起。人们认为，在这些亡魂回家的时候，需要给予他们特别的保护。例如，必须小心关门，以防在不经意间将他们夹伤；又如，要在夜间放弃熟悉的床，睡到稻草堆上，好腾出地方让这些客人睡个好觉。毕竟第二天醒来后，他们又将去往另一个世界。

紧急状态

现在几乎没有人愿意在寒冷的季节花上几个星期的时间徒步穿越欧洲，但沃纳·赫尔佐格[①]在 1974 年 11 月 23 日出发，于 12 月 14 日完成了这项壮举。这不是一场准备充分、事先打点停当的旅行，恰恰相反，他每天都要面对各式各样的意外和挑战。为了拜访抱病的电影史学家洛特·艾斯纳，他从慕尼黑走到了巴黎。他在日记里写下了自己的经历和观察：扳道工住着年久失修的小屋，连屋顶、窗户和门都没有；苹果树的叶子已经落光，“熟苹果”却还挂在枝头；尚未收割完毕的玉米田已经枯萎，显出一片苍白，虽然没有起风，田里也在沙沙作响；一层薄冰漂

① 沃纳·赫尔佐格（1942— ），德国演员、导演、编剧、制作人，代表作有《阿基尔》《上帝的愤怒》等。

浮在池塘的水面上，冰雹和暴风雨在森林上方肆虐。“此后，就是不停地下雪和雨夹雪，我不禁开始咒骂苍天，为什么偏要这样呢？我浑身湿透，不得不横穿泥泞的草地，以免碰到他人。”赫尔佐格有时睡在干草棚里，还经常在废弃的小屋过夜，有一次甚至连百叶窗和玻璃都是破的。当天色已晚，外面天寒地冻、四下望不到旅店的时候，又能怎么办呢？有一次，他闯进了一座小教堂，却发现一个带着条圣伯纳犬的女人正在地上祷告，他只得立即折返。

> 我遭遇了雪崩。一开始，我丝毫没察觉到。突然，整个山坡都开始颤动。是什么在动？哪来的嗞嗞声？我在心里嘀咕。是有蛇吗？正这么想着，我已经顺着山坡栽了下去。

在一场暴风雪来袭时，他躲进了一座木头搭建的公交车站内。可它偏偏是露天的，雪花正好能飘进来。他以前所未有的方式重新认识了一切。经过一座房子时，他还透过窗户看见里面的人在看滑雪比赛。他不禁感叹，比赛中的人经历的冬天真的和他切身感受到的冬天一样吗？

在此一百多年前，即 1866 年的秋天，奥地利作家阿达尔贝特·施蒂弗特前往巴伐利亚森林，计划在三椅子山附近疗养。这次旅行的经历，使他写成了小说《巴伐利亚森林》(*Aus dem Bayerischen Walde*)。这个书名听上去十分普通，而小说的情节也正如作家所坚称的那样——“十分平淡无奇”。

降雪连日不停，四周仿佛成了“白色的荒野”。暴风雪第一次出现就至少持续了七十二小时。稍微消停了一会儿后，它便又开始肆虐。施蒂弗特被困在旅店里长达十天之久，就连室内和室外的界限都开始变得模糊：“房间里到处都是从细墙缝里渗入的雪。”就连在旅店里转上一圈，也需要披上冬衣。一开始，他甚至不敢外出散步，只能一脸迷茫地透过房间的窗户四下寻找那些熟悉的事物。

> 灰与白、明与暗、日与夜，一切都混沌一片，不停地翻滚转动；一切仿佛都被吞噬，世界无边无尽，白色的雪花在其间飞舞，有时候像是一道白幕，有时又出现雪球和其他的形状。就算近在眼前，也看不清身边人的样子。就连哪里是雪的边界都不知道了。这番景象既庄严肃穆，又令人生畏。

情况一天比一天糟。暴雪“就像面粉一样从天上倾倒而下”。邮路被迫中断。和患病的妻子失去联系的施蒂弗特越发觉得自己已与世隔绝。原本只是每天按时记录一些日常状况，最终却被他写成了颠倒混乱的创世故事。“暴风雪化身各种形状，从四面八方渗入。”他这样写道。但雪却越下越大，后来他甚至已经推不开房间的大门。天气转好的愿望迟迟没有实现。一个八十岁的老人告诉施蒂弗特，自己还从没经历过这样的天气。后来，他还是出了门，沿着他人的雪鞋留下的足迹步行。“我沿着雪径小心地上行或下行。林荫道两侧的参天大树在雪中就像一丛丛灌木。一切都变了模样。从前的山谷成了小山，从前的小山成了山谷。我不知道漫天大雪下的道路究竟通向何方，因为人们还没来得及竖起路标。”

伴随着自然灾害而来的，是施蒂弗特日益糟糕的身体状况。他胃口全无，这样的状况持续了三天：“我什么都吃不下，只用肉精粉冲了点汤喝。”至于营养不良或服药是否影响了他的判断力，使他觉得暴风雪比实际情况更为猛烈，我们已不得而知。无论如何，他最终还是成功返回了林茨。

罗伯特·瓦尔泽[①]留下了许多歌颂冬天的经典诗作。他曾用情绪饱满的语言这样形容一场暴雪：“天空消失不见，只剩下飘雪的灰白；空气消失不见，它已被雪花填满；大地消失不见，层层的白雪已经将它覆盖。”一切生灵都未能幸免：“一切站立、行走、爬行、奔跑和跳跃的

① 罗伯特·瓦尔泽（1878—1956），瑞士作家，20世纪德语文学大师。

生物，都被积雪清除。”在1956年的第一个圣诞日，罗伯特走出自己居住二十年之久的瑞士黑里绍疗养院外出散步。他一贯喜欢在风雪天外出，因为雪原那“甜美、迷人的纯洁”让他心醉。后来，他被人发现死在了雪地里，黑色的礼帽就放在身边。在《微缩雪景》（*Die Kleine Schneelandschaft*）中，他曾有过这样的描写：优美的雪景友好地抿着嘴，朝你微露笑容。在小说《唐纳兄妹》中，主人公塞巴斯蒂安也以同样的方式结束了自己的生命。他被人发现死在雪地里，身边放着黑礼帽……

亚历山大·普希金在《暴风雪》里描写了在冬季横跨俄国的一次旅行。出发没多久，暴风雪便让人迷失了方向。它没有把人引向既定的道路，反而诱使人在雪地里穿行，时而遇到粉雪，时而得翻越冰原，“鬼知道要去往哪里”。不时出现的邮车似乎能指明方向，但到了最后，就连它们也在冬日里迷了路。“暴风雪越下越大，干松的雪花从空中落下。周围开始结冰，冷空气一再侵入我扎紧的皮衣。雪落到地面又被吹起，唯一能听到的响声，只有冰刀从冻得坚硬的地面上滑过的声音。我已经行进了六百俄里，却依然没有找到落脚处，于是我决定……闭上眼睛小睡片刻。重新睁开眼的时候，我竟不敢相信眼前的景象：一道金光映照在白色的雪原之上，视野变得开阔了许多，乌压压的云雾开始消散。雪花从四面八方斜斜地落下，前面那辆三驾马车的轮廓变得越来越清晰。抬头望去，我一眼就注意到了乌云消散后的晴空，以及星星点点的雪花从空中飘落的景象。就在我睡着的时候，月亮已经升起来了。”弗拉基米尔·索罗金在一个同名剧本里沿用了这一主题，但让一切变得更具超现实意味：一架由五十四小马拉着的雪橇陷进了一个倒在雪地里的巨人的鼻孔里；小说主人公——一位医生——在暴风雪中艰难跋涉，突然发现面前出现了一个像楼房一般高大的雪人。

理查德·伯德[①]——那个立志做第一个飞越南北两极的人——用《孤独》（*Allein*）一书真切地记录了南极冰雪世界的生活。1934 年冬，他远离人群，独自居住在南极罗斯冰架的一座小木屋里。这块冰架的面积约有整个法国国土那么大，有些地方的冰层厚达 1000 米。伯德此行的目的，是进行一些气象学研究。他所携带的取暖器不能正常工作，时常泄漏煤气，他不得不在取暖和煤气中毒之间来回挣扎。“南极夜间的暴风雪有着不同寻常的地方。任何的天气预报都不能形容出它有多可怕。那不是一阵风，而是一道墙，一次山崩，一次雪难。一次风暴便可令人窒息，产生家乡龙卷风才有的破坏力。它像凶残的猛兽一般朝我发起攻击，在它面前我就是什么都看不见、听不见也无处

① 理查德·伯德（1888—1957），美国海军少将、极地探险家，1926 年飞越北极，1929 年飞越南极。

躲避的两栖动物。我的肺绝望地喘息，我已神志不清。”他还在另一篇文章中写道：“饥渴是最为残酷的刑罚。”

库尔齐奥·马拉帕尔特[①]在《完蛋》中描述的冬天，并非我们所熟知的模样。它具有强大的力量，以可怕又优雅的方式让一切发生了改变。作者本人是一位战地记者，他1942年冬来到芬兰，生活在苏芬边境。在那里，他见识到了冬天这个横亘在湖泊和森林之上的“赤裸的巨人”的模样。在芬兰首都赫尔辛基，马拉帕尔特亲眼见到这座城市“逐渐沉入雪中”。他看到海港旁的防波堤上有一个缓慢移动的黑点，起初只是一个模糊的轮廓，来到跟前之后才发现那是一只体形硕大的驼鹿，它“宽厚、覆满粗短红色毛发的脑袋上顶着巨大的鹿角，就像冬日里枯萎的树枝”。这个可怜的家伙受伤了，摔断了大腿。马拉帕尔特猜测，它“或许是被冰面上一道隐蔽的裂缝给绊了一跤”。它的来历是一个谜团：“它或许是从爱沙尼亚横跨结冰的芬兰湾而来，或是来自奥兰群岛和波的尼亚湾，甚至有可能来自卡累利阿海岸。”

《完蛋》中对严寒和战争的描述让人久久难以忘怀，因为它们是那么令人难以置信。在“这片冰雪荒漠中”行走的人，就像“朝着燃烧着白雪火焰的街道游去的泳者”。

① 库尔齐奥·马拉帕尔特（1898—1957），意大利记者、剧作家、小说家。

通往市场的道路上，等待着人们的不只是严寒："我们感觉就像迎着刮胡刀的刀刃前进。"

想象这样一个场景：上百匹野马为了躲避火灾，逃到结冰的湖面上寻找庇护。它们被严寒惊得"乱作一团"，随后，它们马上被冻僵了。这是可能发生的吗？马拉帕尔特就在书中描述了"这可怕的一幕"："湖面就像一块洁白的大理石板，数百个马头露出湖面，像是被刽子手用锋利的刀刃砍落一般。露在冰面上方的只有脑袋，它们还齐刷刷地望向岸边。瞪大的双眼中，还显露出恐惧的白光。在靠近湖岸的地方，一群马正试图从冰牢中挣扎开来。"更残忍的是，这些马的脑袋后来还成了士兵的凳子。

1942 年出版的《冬季作战手册》（*Taschenbuch für den Winterkrieg*）为士兵们提供了一些冬季作战建议。士兵们必须了解雪的特性：它会影响行进，一旦开始融化，天气就会变得湿冷。但它也可以抵御严寒和风霜，而且具有很好的透气性。士兵们必须掌握如何用雪搭建工事，如何用中空的雪人标记道路，如何在第一场雪落下后就及时用木板、木架和长杆修筑防雪篱笆，如何在结冰的沼泽地上为重型运输车开辟道路。他们还必须知晓道路被积雪覆盖且行军罗盘也因低温失效时，该如何在广袤的荒原上找准方向。

如果战争一直持续到冬天，严寒和冰雪就会对战争走向产生巨大的影响。在1939年的冬季战争中，苏联军队虽然兵力充足，却没有对严酷的气候条件做好充分的准备，因而被芬兰人击败。许多来自苏联南部地区的军人躲在“狐狸穴”里躲避风雪，却难逃被冻僵的命运，因为他们不知道可以用树枝堵住洞口，以提升洞穴内的温度。可苏联军队学会了吃一堑、长一智。1941年12月初，德军一直推进到列宁格勒和莫斯科附近，他们击毁了上千架苏联战机，俘虏了上百万苏联军人。这时，气温却突然从零上几摄氏度骤降到零下35摄氏度。这样的天气给苏联军队提供了莫大的帮助，他们遂得以重整旗鼓。德国人的装备不足以应对这样的天气，许多士兵的四肢都被冻伤了。德军战败成了顺理成章的事情。1812年，拿破仑和他的军队在远征俄国时突遇暴雪，也遭遇了同样的结局。

尽管冬天存在各种各样的危险，人们依然可以在冬天寻到宁静和救赎。苏联女作家利季娅·丘科夫斯卡娅曾几次死里逃生，她和许多批判政府的人士一样，常年受到监视和恐吓。在其小说《潜入水下》（*Untertauchen*）中，主人公妮娜·塞格耶夫娜于1949年2月至3月在一处作家疗养院修养。写作之余，她总爱去积着雪的大地和桦树林里散步。只有在那里，她才能免受侵扰：“雪在温柔地包裹住小路的同时，也以同样的方式包裹住灵魂……在这绵软的细雪中，灵魂也会变得安静。”

雪崩——白色死神

到了冬天，每一种地形和环境都可能造成危险。在山区，雪崩就是“白色死神”。当几层物理特性不同的积雪重叠在一起，继而产生滑坡，雪崩便产生了。在阿尔卑斯山地区旅行的人，从中世纪末就开始观察、记录雪崩这一自然灾害的各种相关信息。苏黎世僧人菲利克斯·法贝尔曾于 1483 年和 1484 年两度穿越阿尔卑斯山区。他在手记里这样写道：

> 这片山区群峰耸立，在融雪季节穿越此地十分危险，因为大量积雪随时可能从高山上塌落，形成可怕的雪崩。雪堆以极大的冲击力，带着震耳欲聋的响声冲入谷底，仿佛整座山都被人用暴力推平。所有挡住

雪堆去路的事物，都被它一并摧毁；它令山岩碎裂，把树木连根拔起，将房屋整栋冲走，甚至可以直接将整片区域掩埋。

早在那时，有一些人就发现森林的树可对受雪崩威胁的区域起到一定的保护作用，所以不应被随意砍伐。树干可以让积雪变得更加牢固，枝条可承载约三分之一的降雪，还可以保护积雪表面免受太阳直射。从 16 世纪起，人们就开始有意识地修建围墙，堆砌石块，后来又在房子里建造了防雪崩地下室，以供住户应急避难。在雪崩危害极大的区域，人们会修建石楔保护房屋，甚至从一开始就将石楔纳入房屋的设计之中。这种石楔可以抵御雪崩，却不利于雪层的融化。近些年来，它开始被雪网和雪桥取代，它们可以为积雪提供支撑，从而防止雪崩。雪龛、雪廊和雪道则可以保障街道和铁路的安全。

1950 年冬，阿尔卑斯山的降雪量达到了平时的四倍，光瑞士就发生了千余次雪崩，造成了 98 人死亡。奥地利的死亡人数更是高达 135 人。如今，雪灾发生的时间和地点往往十分集中。1999 年，阿尔卑斯山北部的积雪深度在 5 个星期内就达到了 5 米，许多村庄和山谷被封闭长达数天之久。瑞士发生了约 1200 场造成严重损失的雪崩，导致 17 人死亡。光是在瓦莱州的埃沃莱纳，死亡人数就达到了 12 人。现在，人们对雪崩的形成机理有了更为深刻的理解，可以动态预测雪崩的出现，也建立了预警机制，可以将雪崩的出现精确到很小的时间和地理范围内；尽管如此，危险远未被消除。直到今天，每年阿尔卑斯山地区都会有超过百人丧生——大多数时候，都是因为有人在雪场之外的空地上进行冬季运动。有时候，可以通过直升机空投炸药的方式将规模较小的雪崩提前触发，以防雪继续积聚，诱发更大的危险。仅仅是在瑞士，每年就有上万次雪崩是人工引爆的。如果雪崩发生时积雪十分干燥，且气候十分寒冷，雪粒甚至可在空中形成经久不散的“粉末云”。这种现象被称为粉状雪崩。与此相对应的则是流动雪崩。

雪崩引发的事故在一定程度上和滑雪者的行为也有关。显然，有一些人总是希望（在直升机的帮助下）能远离人群，去人迹罕至的地方活动，即使他们或多或少都知道这样做有遭遇雪崩的危险。乌塔雪崩预警中心多年前的一项研究表明，当雪崩危险级被定为“较低”时，发生事故的概率反而会增加，因为运动员们这时往往开始粗心大意。反过来说，与那些追求速度的人不同（他们会选择既定雪道），许多滑雪者追求的正是这种危险的体验。即便随身携带定位设备，完全没有危险的雪中乐园实际上也不可能存在。

在战争中，士兵们往往对雪的破坏力有着切身体会。为了消灭敌军，士兵们有时还会在其上方人为引发雪崩。虽然雪崩的动静很大，但其发生的瞬间很难被及时捕捉到，所以很长一段时间里，关于雪崩的照片寥寥无几。意大利记者保罗·蒙内利记录下了士兵内尔森·佐里奥的故事。内尔森来自皮埃蒙特大区的皮耶迪卡瓦洛，隶属于一支山地步兵部队。1939 年 1 月，他和同伴在经过阿尔卑斯山地区西北部的一个山口时，被突如其来的雪崩打了个措手不及。在搞清楚这“来自地底深处、像雷鸣一般”的沉闷声响究竟预示着什么之后，他忙不迭地朝着山谷冲去，边跑边留意周围是否有结冰的地方。有那么一瞬间，他还幻想自己能跑得比雪崩更快，能早一步到达山谷边缘。但一切都是徒劳：

> 不断飘落的白雪绊住他的双腿，很快便在他的脚底下汇聚。他试图弯起腿，像滑雪者一样借助雪堆的冲击力逃离，却找不到合适的支点。很快，他便感觉双肋仿佛遭人挟持一般，只得僵直了身子呆立在原地。两大堆雪块落在他的肩膀上，就像击打木桩的重锤，将他使劲砸入地面。他发现自己腰部以下已经动弹不得，好在压在他身上的那两堆雪块已经结冰，所以他只能寄希望于这两块冰帮他抵御不断崩落的积

雪。但他很快发现，雪依然在从侧面和正面涌入，越积越多，包住他的椎骨，他很快就感到浑身发麻，之后，雪完全盖住了他。突然之间，一切混乱都停止了。只见周围的雪雾越来越浓，他终于意识到自己已经被掩埋了。但在头顶上方，雪崩的轰鸣声依然没有停止。

佐里奥挺着身子，使劲张开手臂，成功地依靠有限的活动让头部和肩部附近有了一些空气。他开始大声呼救。幸运的是，这片雪松散柔软——假如换成另一种雪，他的生还概率可能就要大打折扣了。他后来告诉蒙内利，自己刚当兵的那年冬天，曾亲眼看见一位少尉在水泥般的湿雪中被冻成冰块，尽管他离地表只有半米的距离。依靠手肘的不断撞击，佐里奥成功地一点点扩大了自己的活动空间。

看一眼表，已经过去了三个小时。他又花了一个小时才将另一条胳膊解放出来。现在最重要的事情，是决定朝哪个方向挖掘。他又想起了另一起事故：一位伐木工人被埋在干燥的浅雪中，离地面大约只有半米，但他选择了错误的挖掘方向，不幸丧命。他开始努力回想雪崩发生的全过程，以免犯下同样的致命错误。他在小空间里不断敲击，头顶越来越明亮的光线使他看到了希望。虽然他已赢得了不少活动空间，但身体依然深陷雪中。后来，他成功地解放了腰部以上的位置。为了避免被冻僵，他只得绷紧腿部的肌肉。虽然又恐惧又疲惫，他还是花了很长时间采取了下一步行动。他成功地从刀鞘里抽出了刺刀，一步步击碎了雪块，终于，他见到了夜空和几颗明亮的星星。但这样一来，寒意也不断朝他的身体下方袭来。他继续不断戳刺，双手沾满了鲜血，但一切的吼叫都是徒劳。他是不是应该将刺出来的孔洞重新封上，以抵御冰冷的寒风？他已经身陷雪中十二个小时，但他既不渴也不饿。最后，他似乎听见了滑雪板的咯吱声和说话声。他把刺刀的尖端伸

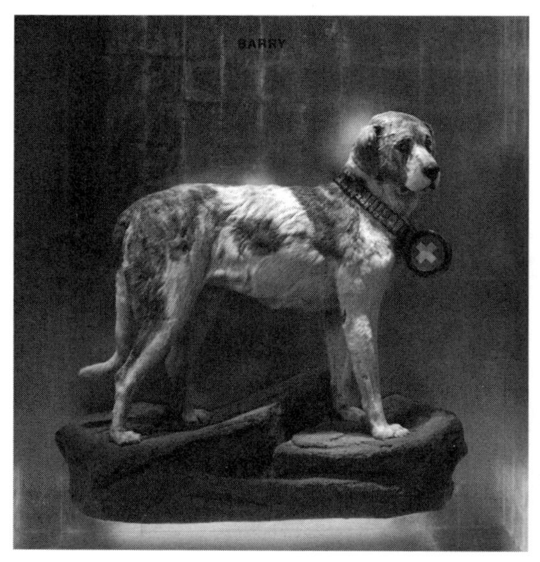

只有在博物馆里，雪崩救援犬巴里的脖子上才挂着小木桶

出孔洞，这才成功引起了搜救部队的注意。他们用铁锹和十字镐将他救了出来。他成功逃过一劫。其他被掩埋的同伴也最终获救。佐里奥没有被冻伤，但他在接下来的几天里对任何事情都提不起兴趣，就像四肢瘫痪了一样。他无疑是幸运的，因为被埋在雪下时，每过一个小时，幸存的概率就会急剧下降。一个人如果体温下降得过快，但又停止打寒战，便会在失去意识之前感到一阵暖意。这其实是体内的血液从脏器流向四肢的结果。有些被雪掩埋的人在被发现时衣着单薄，这是因为他们在不清醒的状态中产生了致命的错觉，以为自己热得要命。

雪崩救援犬——通常是圣伯纳犬或德国牧羊犬——可以救人性命，但它们并不会在脖子上挂上一小桶“生命之水”[①]或热巧克力，然后给人送去，这只是传说。它们真正要送的是小包的食物。最著名的雪崩救援犬是圣伯纳犬巴里。它出生于大圣伯纳德山口的修道院驿站。数千年来，这个地方都是旅人的避难之地。1800年至1814年，它至少救了40个人的性命。它的一生存在不少传说。据说，这只勇敢的义犬曾经把一个冻得半死的少年驮在背上送入修道院驿站，人们将这段佳话称为“送少年之行”。在另一个传说中，它被一个拿破仑士兵误认为一匹狼，然后死

① 苏格兰威士忌的别称。

在了这个士兵的刀下。但已经有证据表明，它实际上是在人们的精心照顾下终老于伯尔尼。它的标本现被陈列在伯尔尼自然博物馆中——正如人们假想的那样，它的脖子上挂着一只小木桶。

雪不能再下了

世界上会存在这样一个地方吗？每到冬天，那里便降雪不断，以至于人们每天都得从屋顶上铲雪，还要像鼹鼠一样在雪下生活；朝圣者会赤身裸体地走向寺庙和圣地，到达后又在冰水中沐浴；人们无须猜测年关是否会下雪，因为这是毫无悬念的事情。

这个地方确实存在，它位于日本本岛的西海岸（但在日本人看来，这一区域属于东部），这儿的天气和面向太平洋的一侧完全不同。来自西伯利亚的风在经过日本海后吸收了大量水汽，所以即便这里的气温并不是特别低，降雪依然十分丰富。商人铃木牧之从位于“日本背部”的新潟旅行回来后，写下了著名的游记《北越雪谱》。

这儿的房子建造得十分牢固，屋顶上的木瓦又宽又粗，还会用横梁和石块加固。在家家户户清理完屋顶的积雪后，房屋之间的过道就会被雪掩埋得消失不见。人们必须“在比屋顶还高的雪墙上辟出一条小道，在上面小心行走”。在这种极其严苛的条件下，储备好冬粮显得尤为重要。人们会将冬粮包在报纸里，悬挂在屋梁上，或是埋在地板下，以防被老鼠咬食。人们还要给灌木、灯笼乃至墓穴罩上雪松木制成的罩子，以防它们被大雪损毁。

那里有一些令人称奇的自然现象。铃木牧之就曾提到，瀑布结冰之后会形成晶莹的冰柱，“外头罩着一层钻石般闪耀的冰晶，整片瀑布又被包裹在数十亿钻石般的小雪晶中！”最后，干松雪会积聚形成雪崩，又被称为“Hōra”：“一旦有一团雪从山坡上跌落，或被风从大树上吹下，它就会沿着起伏的山坡一路翻滚到谷底。在这个过程中，它会吸附越来越多的雪，雪团的重量甚至可以达到几百吨。它就像一块岩石一样向前滚动，只不过它的外形会变得越来越蓬松。它会像海啸一般，将大树连根拔起，将石块从岩壁上砸落，甚至可以将一片住宅区夷为平地。”

山毛榉粗制成的铲子不仅可以用来清理屋顶积雪，还可以用来打雪仗。“如果你使出全力，雪球甚至可以一路飞上高空。”在那里，人们还可以在雪中上演戏剧，舞台、换衣间和包厢等所有设施均由冰雪做成。“晚上，一切都被冻得像铁一样坚硬。即便许多人同时涌入，观众席也不

在雪下串门——日本新潟县两户人家之间的雪下通道

会崩塌。这番景象，不得不说是天与人的完美合作。”但是，新的降雪偶尔会使部分剧目的首演被迫延期。

人们在冬天过着鼹鼠般的生活，这从以下建议中就可见一斑：“遭遇暴风雪时，最好的办法就是在雪地里挖一个洞。这个洞很快就会被降雪封死，但让许多人意想不到的是，躲在里面的人会感到十分暖和。他们可以正常呼吸，也可以借此摆脱死神。”

当地居民有着一系列精巧的装备，包括各式各样的雪鞋、兜帽和毡帽。农民去地里干活时，会在胸前佩戴用日本椴树皮制成的护具，以防止雪渗进去。人们会到了三月或四月才使用雪橇，因为这时雪会冻得坚硬，不会再有陷入其中的危险。在这个时间段，马匹无疑也是十分有用的工具。特殊的天气迫使人们形成了自己的生活节奏。春天到来之前，山上的树木会一直被埋在积雪下，只有在雪融化之后，人们才可以上山砍柴。

积雪能覆盖长达八个月之久。李子树直到四五月才会开花。六月初，农田上还覆盖着厚厚的雪块，人们必须用手持电锯将它切碎运走，才能在地里种上稻谷。从十一月起就难得一见的太阳，随着春天的到来开始回归，一本书中这样写道：“每个人都像恢复视力的盲人一样，有一种重见天日的感觉！”罗莎·莱瑟 1936 年在日本发现了这本书，并将它翻译成了外文。正如她所注意到的那样，随着电、电话、收音机、汽车、带烟囱的铁炉和交通网的普及，那里的生活也发生了很大的变化。2011 年上映的由乌尔莱克·奥汀格执导的影片《雪之下》（*Unter Schnee*）便是对这本书和这片土地的致敬。现在，随着现代文明的发展，人们已经能更好地应对这种严苛的自然挑战了。

冬天的消亡

一月是个有两面性的月份。一月虽然天气的确很冷，但白天已经开始逐渐变长。到了二月，人们开始对冬天习以为常，许多人甚至对它感到厌烦，因为有时候冬天看起来似乎永远不会结束。但不久后，人们就会切身体会到日照的增强。

二月是独一无二的收获冰葡萄的时节。冰葡萄通常是白葡萄在枝头冻结形成的。人们通常在清晨收割处于冻结状态的葡萄，进行加工处理。只有较高的压力才能榨出它的汁水。冰葡萄中的糖分富含尚未结晶的水分和果酸，因此可被制成甜度极高的浓缩果汁。1830 年，莱茵河畔宾根市的农民本计划将因为品质不佳而被留在枝头的葡萄摘下用于投喂牲口，却在机缘巧合之下发现了冰葡萄的价值。

另一些国家则另辟蹊径，将正常收割的葡萄进行低温速冻处理，再用于制作冰葡萄酒。

冬天即将结束时，一些迹象仿佛已在宣告春天的来临，但旧的季节其实往往并未完全过去，新的季节也往往尚未真正开始。春天是否真的已经来临？还是一切只是春天来临的假象？法国作家西尔万·泰松曾在贝加尔湖畔隐居半年，并在那儿体会到了这一真假难辨的时节的魅力。这一切，被他记录在了日记《在西伯利亚森林》（*In den Wäldern Sibiriens*）中。在他看来，冰块的融化是春天到来的标志："春天即将给它致命一击。流水逐渐渗入冰层，在其间凿出许多垂直的小沟壑。冰块已经千疮百孔，只等着裂开的那一天。原本像黑曜岩一般坚硬的冰面，此时已经伤痕累累。冰块的内部已经开始解体。"春天绵里藏针的力量，很快便随处可见："山坡上流水潺潺，汇聚成湖。"森林里的积雪很快便化为流水淌下；冰块碎裂；覆在小溪上的雪层突然迸裂，小溪重新恢复了流动；白鹡鸰开始回归；浮冰逐渐消融，河流开始收复失地；空气中已经可以重新闻到"北方针叶林的气息"；冰块像"加入香槟中的糖块"，在嗞嗞声中渐渐消失；风将剩余的浮冰吹向遥远的湖面；从冬眠中苏醒的熊将脑袋伸到杜鹃花丛中，或是在晚上把看门狗吓一大跳。在外出漫游时，依然还会遇到"难以翻越的山坡"和"松动的雪沟"，因为积雪仍在一步步融化，但山顶和谷底依然是白茫茫的一片。最后，一场雷雨无疑宣告了“冬天的消亡”。

西尔万·泰松先说春天的到来是一场“轻微的地震”，后来又形容它是一种“解放”：“春天用它的利齿撕咬开了冰面。十分钟后，冬天所做的一切努力，都在冰层的融化中化为灰烬。”“湖泊的脉搏”（指涨潮和落潮）恢复了跳动，“昆虫成群结队地飞进树林”，蝴蝶突然现身，“一层苔藓覆盖了解除霜冻的大地”。但这样的解放也会使之付出代价。沿着山谷落下的碎石可能会造成巨大的破坏，湖泊甚至可能干涸。总之，冬天已经过去了。

春天击退冬天，以每天约 40 千米的速度（相当于每分钟 28 米）在欧洲大陆上由南向北蔓延。葡萄牙南部二月底就迎来了春天，但直到三个月后，春天才经历了 3600 千米的长途跋涉到达芬兰。在山区，春天逐渐向上攀升，南麓的春天一般比北麓来得早一些。有时候，人们会制作快进的影片或动画来呈现一年四季的变化。

冰面的融化常伴随着咔嚓声、呜呜声和水滴声。从屋顶和树干上流下的水，可汇聚成水沟和水洼。溪面上奇形怪状的雪堆，一夜之间就会消融于无形。罕见的大风送来丝丝暖意，也将雪花吹得漫天飞舞。冬雨之中，已经有了春天的味道。这听上去十分美妙，但突如其来的春天和突然上升的气温也可能酿成灾祸。例如，屋顶上滑落的雪块和水槽里落下的冰柱都可能形成威胁。

在爱沙尼亚，人们把冰雪融化、原本处于冰冻状态的沼泽地开始被水淹没的时节称为“第五季”。驼鹿和野狼这样的大型动物，会十分明智地提前离开这些区域。

1979 年 1 月，靠近符拉迪沃斯托克的日本海海域的积雪突然开始融化。这一反常的天气现象，将约三千名前来冰钓的渔人置于危险之中——他们随着断裂的冰块飘向了公海。破冰船“伊利亚·穆罗梅茨号”、几十艘救援船、一架飞机和一架直升机参与了这场为期两天的救援行动。

康涅狄格州 1994 年的冬天格外寒冷。当谢图科特河的温度在一天之内从零下 15 摄氏度上升到零上 11.7 摄氏度时，河流里的冰块发生破裂并造成了阻塞，使得鲍尔蒂克村遭遇了罕见的洪水。参天大树像牙签一样被巨大的冰块连根拔起；在谢图科特河附近的游乐场里滑冰的孩子幸亏躲避及时才在涌来的巨大冰块和洪流面前逃过一劫。

如果淤积的冰块无法迅速融化，人们有时会用炸药将其炸碎，或是用起重机吊起的钢梁将它砸碎。另一种相对温和的办法，则是用小飞机喷洒能加速冰面融化的煤渣。

1784 年 2 月 23 日，一场寒冬接近尾声时，中欧大部分地区却突然急剧变暖，且伴有强降雨。在这场“百年一遇的冰块融动”中，夹杂着硕大冰块的洪水摧毁了科隆的大量船只和建筑，就连三一教堂也受到了严重的损害。在班贝格，融冰如一幅气势恢宏的画，冲毁了美因河上的石桥。淤积的冰块四天后才开始融化。这一切来势汹汹，和初冬时节河水结冰的缓慢形成了鲜明的对比。结冰时如果情况严重也会形成洪水，但通常规模有限。

冬天往往会缓慢地与人告别。即便山区的气温已经高于0摄氏度，冰雪依然需要几天乃至几周的时间才会融化，直至汇聚成溪。这是因为积雪内储存的大量寒气需要得到缓慢的释放。连接冬天和春天的纽带虽然会存在一段时间，却也日渐松动。鸟儿又开始放声歌唱，最初是椋鸟和白鹡鸰，很快夜莺和雨燕也会加入其中。

在中国和日本，一月底到三月初可见梅花盛开；发源于中欧的菟葵会在二月下旬开出黄花。发源于亚洲的山茶花会在晚冬时节盛开，它的花朵和玫瑰大小差不多，没有任何气味；雪花莲的绽放，预示着初春的到来，它的内部含有能起抗冻作用的盐分，可帮助它对抗低温；此外，金缕梅和藏红花也是开花较早的植物。

一些植物需要经历漫长的寒冬后才会开花，这被自然科学家称为春化作用。这种现象常见于一些冬季作物，它们于秋季播种，其幼苗在经过一整个冬天之后，才会在春天开花。对这些植物来说，较长时间的严寒能起到关键的刺激作用。

有时，冬天十分强硬，根本不愿退缩，它不仅不在乎日历上标明的属于春天的日子，有时还会一直霸占春天的时间。1179 年的冬天就是这样。在布伦瑞克，四月依然在下雪，复活节也在寒冷中度过。在强劲东风的压制下，树木很晚才发出新芽：

> 由于冬天过于漫长，不少绵羊和其他家畜都被冻死了。可怕的降雪一直持续到复活节，就连鸟儿也开始和我们一起控诉。霜冻未消除，我们的节日也过得意兴阑珊。

库尔齐奥·马拉帕尔特认为，只有和随之而来的春天进行对比，冬天才让人回味无穷。因为春天是“北方最为阴险的疾病，它融化了冬天用冰雪保护的生命，还带来了毁灭性的礼物：爱，生活乐趣，对光明和欢快的追求，懒惰，争吵，睡觉的快乐，感官的狂热以及与自然虚假的亲密无间”。看到这里，读者或许忍不住要说：可惜冬天已经过去了。

未来的雪

两万年前，冬天强势地统治着地球的一年四季：这是最后一个名副其实的大冰期。今天近三分之一的地表在那时处在冰川的包围之下。低温使大量海水凝结成冰，所以当时的海平面比今天低 100 米左右。1837 年，卡尔·弗里德里希·申佩尔第一次提出了“冰期”这一概念。18 世纪末，西伯利亚出土了冻僵的猛犸象，证明了地球上的确存在极为寒冷的阶段。这个话题引起了多个领域的学者的关注。在世纪之交，许多艺术家都陷入了对严寒的崇拜。1888 年至 1889 年，已经有些精神错乱的弗里德里希·尼采在《瞧，这个人》中这样写道：“我所理解和体会的哲学，就是在冰雪和高山之间过着自由的生活。”1953 年，德国作家恩斯特·荣格尔这样回顾 20 世纪初：“直至今天，冬天的冰雪依然是我们最伟大的老师之一。它决定了我们对经济和道德的理解。它磨炼了我们的意志，教会了我们思考。”马克斯·韦伯[①]认为“知识分子应经历严寒的洗礼”，乔治·格罗兹[②]甚至说自己有“冰层的个性”。1913年，工程师汉斯·霍比格提出了所谓的世界冰论，主张世界上的大多数生灵都由冰组成。显然，这个念头只是在他脑子里“一闪而过”。虽然他的观点基本没有得到同时代科学家的认同，却在纳粹德国风靡一时——因为人们把千年寒冰和“日耳曼血统”联系在了一起。以鲁道夫·冯·赛博滕多夫为首的反犹秘密组织用传说中的“图勒岛”为自己命名。这个岛据说位于北方高纬度地区，被认为是优等民族的伊甸园。20世纪20年代至30年代，阿诺德·芬克[③]将冬季的山景搬上了荧幕，为了拍摄由莱妮·里芬斯塔尔主演的《帕吕峰的白色地狱》，他甚至炸开了雪山。1933年上映的《冰山营救》成了这一系列电影的扛鼎之作。这部颂扬冰山的电影描述了一支北极探险队出发寻找一群失踪的研究者的故事。电影是在格陵兰岛西海岸、冰岛和阿尔卑斯山东部取景的，采用德英双语拍摄，并在德国和美国同时上映。1910年，丹麦－格陵兰岛人类学家、因纽特人研究

① 马克斯·韦伯（1864—1920），德国著名社会学家、政治学家、经济学家、哲学家，被后世称为“组织理论之父”。

② 乔治·格罗兹（1893—1959），德国画家，代表作有《社会栋梁》等。

③ 阿诺德·芬克（1889—1974），德国导演、编剧。

之父克努德·拉斯穆森将格陵兰最北部的一个地方命名为“图勒岛”。拉斯穆森也是拍摄《冰山营救》的灵感来源。

如今，冬天已经逐渐失去了它的威慑力，但人们仍旧对冬天以及寒冷很着迷：人们希望切身体会真实的冬天，许多人恨不得邀请冬天来家里做客。前文曾经提到一位俄国女沙皇在涅瓦河上建造冰宫并迫使其儿子在里面度过新婚之夜。如今越来越流行的冰雪旅馆，就是冰宫的进化版。冰雪旅馆显然比冰宫舒适许多。这样的“冬季旅游项目”，可以让那些想切身体会寒冷的游客体验时刻暴露在寒冬之中的感觉。在瑞典最北部的铁矿城市基律纳，就有一家这样的冰雪旅馆，名叫尤卡斯耶尔维，已经运营了二十五年。人们先是用钢板搭建大小不一的拱顶。当积雪成型几天后，再将钢板移除。冰雪起到了石灰浆的作用。这六十个有着冰雕装饰的房间可以容纳一百四十名住客。这儿的一切都由冰块制成，就连吧台的水晶吊灯也不例外。人们采取了周到的防护措施，将室温控制在不算太低的水平——即零下 5 摄氏度左右。贴身睡袋能够让人享受舒适的睡眠。住客们可以坐在冰制的长凳上，享用冰杯中的伏特加。后来，冰雪旅馆的理念开始被芬兰、阿尔卑斯山地区、加拿大、日本和罗马尼亚的许多旅馆沿用。到了春天，人们只需把这些建筑交到大自然手中，它们会自行融化。建造这类旅馆的灵感来源于著名的因纽特冰屋。当然，经典的拱顶样式只是其中一种建筑形式，这种式样的建筑只能在积雪较厚且较松软的地方建造，其他地方要建造冰屋则需要木头和石块等较为普通的建筑材料作为辅助。瑞士的采尔马特不仅是阿尔卑斯山地区海拔最高（2727 米）的冰屋村，还拥有世界上最大的冰屋。这个冰屋的直径有 13 米，高 11 米。不过，它的砖块均由人造雪制成，因为这种材料的结构更加稳定，也更易于使用。

为了和冬天产生更为密切的接触，有些人不只会待在寒冷的室内，还会直接去室外过夜。只要选择正确的垫子和睡袋，这样做就完全不成问题。而有些人为了挑战自我，坚持不用睡袋，仅对住处稍作布置就在外过夜，这是在挑战自己的身体极限。在美国，为了与大自然亲密接触，一群人打着“回归原始”的旗号，开始参与“冬日幸存”这项特殊的活动。为了更好地抵御严寒，他们会遵循一系列法则，如不直接接触冰雪和岩石，以及及时用明火烤干湿衣服。不穿棉质衣物是一项金科玉律。与合成材料以及羊毛不同，棉花容易吸水，所以被称为“死亡材料”。此外，他们还要学习如何用火。例如，他们要知道腐烂的木头可以烧更长时间，也更容易搬运，滚烫的石头可以在冰面上熔出一个洞，供人钓鱼使用。

从前，旅行者在斯堪的纳维亚半岛见到别人蒸桑拿，不免要为人体竟能承受如此极端的气温变化而不受任何损害感到诧异。在寒冷的冰室待着是与蒸桑拿完全不同的体验，即便是在盛夏，只要到里头待上几个小时，就会产生在寒冬腊月才有的感觉。实际上，人们会全副武装，穿着浴袍、袜子、鞋子，戴着手套、发带和口罩，进到低至零下 110 摄氏度的冰室之中。这一温度，甚至比人们在南极监测到的自然界最低温度零下 93.2 摄氏度还低。房间里回荡着的音乐可以分散人们的注意力，帮助人们更好地抵御严寒。实验表明，吸入的冷空气会在肺部扩散，让人产生恶心感。

冷疗法也称全身冷冻治疗，据称可在几个阶段后，起到减轻痛苦、促进肌肉再生和预防感染的作用。它和桑拿一样，分为多个“阶段”。温度不同的预备室，可帮助人们更好地适应温度变化。经常造访冰室的人出汗相对较少。在有些地方，造访冰室被视作泡完温泉后的补充活动，已经成了一种时尚。

冰冻让一些人看到了从病痛中痊愈乃至长生不老的希望，这让他们觉得将来能以另一种方式延续自己的生命。他们的遗体在经速冻处理后，会被放入低温氮容器内保存，即进入所谓的“人工冬眠”状态。人们计划在将来让他们复活，虽然目前还不清楚未来的复活技术究竟能发展到什么程度。

有科学家认为，现代人所遭遇的“慢性”气候变暖，让肥胖的人和得心脏疾病的人变多了。美国科学家雷蒙德·克罗尼斯、安德鲁·布雷默和大卫·辛克莱尔认为冬天具有“新陈代谢作用”，无法真正感受冬天是一个很大的问题。克罗尼斯给出的解决方案有特意洗冷水澡、在冬天赤裸上身外出、晚上不盖被子睡觉，以及仅在最冷的几天打开暖气等。他希望以此促进身体的新陈代谢和物质交换。一些认同这一观点的人会穿特制的冰背心，以有意识地让身体感受寒意。

21 世纪以来，冰川一直以前所未有的速度融化着。在专家看来，这是气候变迁最为有力的证据。中亚的冰川在过去五十年间减少了四分之一。如今，人们会在夏季有计划地遮挡罗讷河冰川，以减缓其融化的速度。冰川学家称不再“生长”的冰川为“死冰”。五千多米高的玻利维亚恰卡塔雅冰川已经消失多年。这里原本是地球上海拔最高的“滑雪场”。根据科学家们的预测，即便气候停止变暖，冰川仍会继续消融。

研究表明，北半球的积雪有不断减少的趋势。另外，还有诸多迹象表明，许多地方的冬天将会变得更短，春天则会来得更早。这样一来，法国谚语中的“卖雪致富”恐怕就不容易应验了。这也会对滑雪者产生影响。海拔较低的滑雪场将因为缺雪而消失，现在，许多阿尔卑斯山的滑雪场已经需要进行人工降雪。寒冷和冰雪成了一种奢侈品。雪炮车里喷出的雪，显然无法和天空中飘落的雪花相提并论。这究竟会对我们产生什么长期影响，让我们对冬天的感受产生什么变化，以及如何看待四季之间的关系，目前还很难预测。

如果越野滑雪道、滑雪场和滑雪跳台上都没有积雪了，许多冬季运动场地都将遭遇经济危机。人工雪价格昂贵。在有些滑雪场的所在地，人们需要储备一定的雪量以供临时补给。在理想状态下，这些雪应该被储备在雪场附近，以降低从其他区域调雪的运输费用。人们称这种雪为“过夏雪”或“种植雪”。现在人们知道，在40厘米厚的锯末或聚苯乙烯泡沫的包裹下，雪堆更容易保存——平常能够化尽的雪在包裹下仅会融化四分之一。在达沃斯、黑森林地区的蒂蒂湖和上巴伐利亚地区的鲁波尔丁，人们已经积累了一些这方面的经验。必须要承认，这并不是一项浪漫的工作。现在，奥地利已经成立了补贴基金，相对富裕的滑雪场会为小滑雪场提供援助。但不管怎么说，这样的雪还是“假雪”。靠这种雪铺成的雪场，很快就会变得和游乐场无异。

现在，身着全套保暖服的技术人员已经可以在冰室里制造出人工雪，它与天上落下的干松雪毫无区别，只是产量有限。它的制造过程模拟了云层中的自然变化：空气经过热蒸汽区，然后被吹向冷冻区，从而形成冰晶。通过调整实验室和蒸汽区的温度，人们可以改变冰晶的形状。这和雪炮车制造的人工雪存在很大差别：后者的作用原理是将尽可能小的水珠喷入冷空气，使水珠外表面遇冷结冰，从而形成积聚在地面上的小冰球。相比自然飘落的雪，这些小冰球形成的雪面更厚也更坚硬，这种雪融化较慢，最多可以存在四星期之久。这也会对植物的生长产生影响：使用人工雪的地方，更适合快速生长开花的植物生存。从前，人工造雪有能耗过高的问题。现在，人们设计的新设备无须任何外部能耗，可仅靠水压造雪。

虽然滑雪场的雪上安全度越来越低，但现代装备和制衣技术却取得了长足的进步。这是几十年前的人们无法想象的。滑雪板的顶部多由碳纤维材料制成，本就十分轻盈，现在，人们还会注入空气，进一步减轻其重量；全视野头盔使人们得以摘下滑雪镜；雪鞋可以完美地包裹住双脚；连体滑雪衣外的罩衣可在跌倒时保护容易受伤的肩部和肋骨；气囊的存在可以大幅增加遭遇雪崩后的生还概率。

春去夏来，秋末冬至，这反映的是四季更迭的规律。但许多年轻人仅在小说或电视里见过寒潮的突袭。从前，冬天的影响要比现在大得多，它时常让日常生活陷入停滞。现在，我们会经常看到北极的冰川成块地落入水中，这让我们着迷，也让我们战栗。我们不禁思考：这是一种常态，还是近来才有的现象？

因纽特人开始抱怨气候过于炎热。那些生活空间发生巨大变化的动物，被迫迁徙到陌生的区域。格陵兰岛和南极西部冰川的融化不仅使海平面上升，还对洋流产生了影响。气候专家预测，这一变化将导致更多冬季风暴和气旋的出现。

冬天促使人们放下手头的工作，回顾经历过的事情，把精力放到最重要的事物上来。冬天让我们看到自己的局限，也激起了我们寻求保护的欲望。即便冬天现在已经无法对人们的生存造成威胁，但它还是让我们明白：在炎炎盛夏之外，还有着另一个完全不同的世界。如果世上只有夏天，难道不是一件十分可怕的事情吗？没有经历过冬天的万物凋零，又怎能学会享受夏日？夏天的意义，不正是从与冬天的对比和参照中来的吗？如果动植物的新陈代谢没有在寒冷的冬天陷入停滞，春天又该去哪里发挥它的魔力？

防控冬季危险的代价，是失去对冬天最为直接的感受。虽然人们从前对冬季的侵袭并非毫无准备，但至少当时还没有可靠的天气预报，人们无法提前几天预知冰雪的来临。如今，成千上万的人关注天气预报，却只是为了找到一个适合滑雪的周末。

难道现在我们得从现象学角度重新定义四季了吗？自

然历[①]将春天、夏天和秋天各分为三个发展阶段。春天的变化尤为明显。现在，四月更常表现出初夏的特征，天气突然变冷的状况很少出现。当死寂的冬天出现春天来临的迹象，一些事情就开始变得复杂起来。例如在 2015 年的圣诞节，人们便观察到了杏树开花的现象。

当然，无论是在近些年还是很久以前，都发生过一个冬天或连续好几个冬天几乎没有降雪的情况。早在三百五十年前，当地球还处于“小冰期”时，冬天就常有出人意料的表现。塞缪尔·佩皮斯在 1661 年 1 月 21 日的日记里这样写道：“这个冬天的天气十分奇特。一点都不冷，马路雨雪不沾，苍蝇嗡嗡飞舞。玫瑰丛中开满了花朵。这样的状况可谓前所未有。”这是巧合还是意外？对于冬天，人们尚无完美的描述。

① 又称物候历，以自然界中生物和非生物的物候现象为指标来表示一年中季节来临早迟的一种日历。

图书在版编目（CIP）数据

当冬天还是冬天的时候 /（德）贝恩德·布伦纳著；俞洁琼译. —— 海口：南海出版公司，2022.1
ISBN 978-7-5735-0024-3

Ⅰ. ①当… Ⅱ. ①贝… ②俞… Ⅲ. ①散文集－德国－现代 Ⅳ. ①I516.65

中国版本图书馆 CIP 数据核字（2021）第 276247 号

著作权合同登记号 图字：30-2022-002

当冬天还是冬天的时候
〔德〕贝恩德·布伦纳 著
俞洁琼 译

出　　版 南海出版公司 (0898)66568511
海口市海秀中路 51 号星华大厦五楼 邮编 570206
发　　行 新经典发行有限公司
电话 (010)68423599 邮箱 editor@readinglife.com
经　　销 新华书店

责任编辑 黄宁群
特邀编辑 李茗抒 崔倩倩
装帧设计 李照祥
内文制作 田小波

印　　刷 河北鹏润印刷有限公司
开　　本 880 毫米 ×1230 毫米 1/32
印　　张 6.5
字　　数 88 千
版　　次 2022 年 1 月第 1 版
印　　次 2022 年 1 月第 1 次印刷
书　　号 ISBN 978-7-5735-0024-3
定　　价 45.00 元